U0110676

黃金怪獸

江戶川亂步

品冠文化出版社

目錄

黃金怪獸

少年偵探㉖

黃金怪獸

江戶川亂步

另外一名少年

在東京銀座經營一間頗具規模的寶石店，而有寶石王之稱的玉村寶石店的老闆——玉村銀之助，居住在渋谷區寧靜的住宅區內。

玉村先生家的成員有太太和兩個孩子。姊姊光子就讀高中一年級，弟弟銀一就讀中學一年級。

某天，在玉村銀一身上發生不可思議的事情，就是本篇故事的開始。

這天晚上，玉村和兩個好朋友松井、吉田，在渋谷的大東電影院看日本的冒險電影。

那是大東電影公司東京攝影所拍攝的影片。在電影中，不時可以看到東京的街道。

「啊，是渋谷車站，看到忠狗哈奇呢！」

松井大叫。電影正播到追逐的場面。前有逃竄的壞蛋，後有追趕的警察，攝影機則緊跟在後，拍攝這個驚險的場面。接著，出現在鏡頭前的是站前的人行道，畫面上出現忠狗哈奇的銅像。

「咦，玉村，你在那裡耶！你看，就在哈奇的對面，而且臉上露出詭異的笑容呢！」

吉田突然放聲大叫，周圍的觀眾，不禁紛紛轉頭看著他們，說道：

「噓——。」

玉村看到出現在銀幕上的自己，深感詫異。站在銅像哈奇的後面，看向這邊，露出微笑的自己的臉，就在距離一公尺的迎面大銀幕上。

雖然只出現十秒鐘，但確實是自己的臉。玉村開始思考，到底自己何時在那裡被拍攝到了呢？

「奇怪，我並沒有在澁谷車站看到有人在拍電影啊！」

怎麼想都想不起來，難道是在不知情的情況下被拍到的嗎？但是如

果在拍電影，自己怎麼可能會沒有察覺呢？

這天晚上回到家就寢時，還是感到很在意，根本無法入睡。可能是和自己長得很像的少年吧！不過，世界上真的有另一個和自己長得一模一樣的少年嗎？

玉村覺得有點擔心。一想到世界的某個角落竟然還有一個和自己長相完全一樣的人，心裡就很害怕。

一週後，玉村擔心的事情終於再度發生了。

玉村和松井，是以明智偵探事務所的小林少年為團長的少年偵探團的團員。兩個人的感情深厚，無論到哪兒去，通常都會結伴同行。

有一天，放學後，松井神秘兮兮的將玉村拉到校園角落的土堆旁，說著悄悄話。

「玉村，我發現你的秘密了喔！」

「我有什麼秘密啊，到底怎麼回事？」

玉村奇怪的反問道。

「你家那麼有錢，為什麼要當扒手呢？」

說出令人驚訝的話。

「咦！扒手？」

「沒錯，我都看到了喔！」

「我嗎？你說我當扒手嗎？」

玉村大吃一驚的問道。

「是啊，就在八幡神社的石牆……。石牆其中的一塊石頭可以抽出來。你不是把很多空的錢夾（錢包）藏在石頭後面嗎？」

「你說什麼呀？我根本一頭霧水，再說清楚一點。」

玉村聽到這番莫名奇妙的話，感到十分生氣，大聲的問道。

「好，那麼我就詳細的告訴你吧！」

於是，松井開始說出昨天晚上發生的事情。

扒手少年

昨天是八幡神社舉行祭典的日子。

在茂密樹林環繞下的八幡神社，距離玉村家和松井家都不遠。

昨天晚上，松井單獨在八幡神社閒逛。

五千平方公尺大的八幡神社境內，有兩個搭起帳篷的雜耍表演，以及玩具店、食品店，許多人來回穿梭其中。

其中一個帳篷的雜耍表演是，只要花十圓，就可以看到古代可怕的「熊女」。

「熊女」是指，年約二十歲的女孩，整個肩膀上長滿漆黑如熊毛般的東西（熊毛是假造的，以前這些東西多半是騙人的玩意兒），所以稱為「熊女」。

這在當時是很罕見的，許多觀眾付了十圓（相當於現在的一百圓）入內觀賞。

入口是在帳篷的右側，出口則在左側。這時，松井竟然在從出口出來的觀眾中發現玉村銀一。

「咦，玉村怎麼會來看這麼無聊的表演呢？」

感到十分訝異，於是朝他的方向走去，想要叫住他。玉村也正朝這裡走了過來。兩個人在距離兩公尺的地方照面。

奇怪的是，玉村看到松井卻沒有對他微笑，好像不認識他似的擦身而過。

「咦，那傢伙難道是覺得尷尬而故意假裝不認識我，想要逃走嗎？好，無論你到哪兒，我都要跟蹤你。」

經過少年偵探團的訓練，現在已經十分擅長跟蹤。因此，松井盡量不被玉村發現，偷偷的跟在後面。

玉村並沒有離開八幡神社，穿梭在人群中，甚至故意鑽入人群中。出來之後，又再鑽入下一波的人群中。玉村似乎很喜歡和其他人擠在一起。

一小時內，重複做同樣的事情。最後曲終人散，玉村也離開了八幡神社，來到外面漆黑的道路上。

松井始終尾隨在後。

玉村沿著八幡神社外側長長的石牆行走，走到一半時，突然停下腳步，朝四周張望，似乎想要知道有沒有被人發現。

松井立刻躲在電線桿後面。玉村確定沒有其他人通過之後，很安心似的蹲在石牆邊。

手放在石牆上的其中一塊石頭上，迅速將石頭抽出來。只有這塊石頭可以移動。

玉村將手伸進抽出石頭後的洞中，不知道在做些什麼。不久，又把石頭塞回去，然後就離開了。

松井心想，石頭裡一定有玄機，所以，不再跟蹤玉村，開始檢查石頭裡面。

松井左顧右盼，確定沒有其他人之後，就來到石牆邊。雙手扶住之前的石頭，很快的將石頭抽出來。

抽出石頭後，手伸入洞中摸索著。

真的有東西耶！一個、兩個、三個、四個、五個，全都是大大小小的錢包。打開一看，裡面都是空的。

松井吃驚不已。原來玉村穿梭在人群中偷竊這些錢包。拿走裡面的錢，再將空的錢包藏在石牆裡。

一般人應該會將錢包丟掉，但是，玉村卻小心謹慎的把空的錢包藏起來，可以算是絕頂聰明的扒手。

啊！自己的好朋友玉村銀一竟然是扒手，實在是出乎意料之外，松

井頓時啞口無言。

很難想像這麼有錢的玉村，竟然會為了錢而當扒手，一定有什麼原因存在。松井心裡這麼想，打算詢問玉村。

因此，下定決心的松井，把玉村帶到校園的角落，悄悄的質問他。

窗前的臉

玉村完全不記得曾經發生過這種事情。

「喂，松井，你記不記得有個和我長得一模一樣的傢伙？就是在電影中站在銅像忠狗哈奇旁邊的那個人。他真的不是我。所以，你所看到的那個扒手少年，當然也不是我。你一定認錯人了。那傢伙和我長得一模一樣，我真的很擔心。雖然我和他沒什麼關係，但是，如果他將做的壞事全都推到我頭上，那就糟了！」

玉村說完之後，一臉頹喪。

「怎麼可能嘛……」

松井想要鼓勵玉村，但是心裡卻想，玉村擔心的事並非不可能。

兩個人聊了一會兒後，暫時分開，各自回家。這已經是放學後一小時的事了。

回到家的玉村，不知道有可怕的事情正等著他。

「我回來了！」

說著，走進玄關。就在這時，看到姊姊光子站在那兒。

「咦！你又回來啦？」

「啊！又？什麼意思？」

「你剛才不是從學校回來，在房間裡吃點心嗎？我把咖啡和點心端到你房間裡去，你還跟我說好吃好吃，吃了很多呢！後來，你就出去，從學校拿了一些道具回來了呀！這是怎麼回事？」

聽到姊姊這麼說，玉村銀一嚇了一跳。

「姊姊，妳沒有騙我吧？」

銀一以嚴肅的表情看著姊姊。

「哇，好可怕喔！你的表情怎麼這麼可怕。我幹嘛騙你，你剛才真的回來過啊！」

銀一二話不說，匆匆忙忙的脫掉鞋子，衝向自己的書房。

打開門，衝到裡面一看，啊！桌上確實放著空的點心盤和咖啡杯。

「那傢伙來了！一定是知道我回來，所以趕緊從窗戶逃走了。」

可能是從這裡逃走的，玻璃窗還開著呢！銀一立刻看向窗外，在地面上發現幾個大的腳印。

環視房間，書架上書的擺法全都改變，那傢伙竟然動過了書。打開書桌的抽屜，果然每個抽屜也都被他翻過，連紙的疊法都不一樣了。

和自己長得一模一樣的傢伙竟然闖入家中，不只吃點心，甚至還翻書架、抽屜。一想到就讓人覺得厭惡。

玉村立刻跑到廚房，把這件事情告訴母親。不過，事情實在太離奇了，母親根本不知道該怎麼辦，只好說，等父親從店裡回來後再仔細商量一下。

銀一只好暫時回到書房裡看書。這時，已經是黃昏時分，庭院四周微暗。咦，那是什麼東西呀？

眼睛的餘光似乎看到有東西在移動，窗外好像有莫名的東西在動。嚇了一跳，趕緊看向窗外。結果，竟然在之前關好的玻璃窗上看到自己的臉。

然而，角度有點奇怪。自己的臉怎麼可能映在那個地方呢……啊！難道……銀一立刻從椅子上跳起來，走近玻璃窗。

果然如此！並不是映在玻璃窗上，而是玻璃窗的後方有一張自己的臉。不是自己的臉，而是長相和自己完全一樣的傢伙，正從玻璃窗外偷

窺自己。

隔著玻璃窗，長得一模一樣的兩張臉，互瞪了十秒鐘左右。這真是難以言喻的奇妙光景。

尼可拉博士

互瞪了十秒鐘之後，窗外的那張臉突然離開玻璃窗，逃到庭院的樹叢中。

身為少年偵探團的團員，銀一相當的勇敢。根本沒時間通知家人，就這樣打開窗戶，連鞋子也沒穿，迅速跳出去，追趕和自己長得一模一樣的少年。

對方翻過水泥牆，企圖跳到外面的馬路上。銀一也跟著翻過圍牆。

看見對方在二十公尺外，快步的走著。由背影可以知道，他和銀一穿著完全相同的服裝。

銀一悄悄的跳下圍牆，展開追蹤。因為四周昏暗，所以，不必擔心對方會發現。

這實在是很不可思議的追逐場面！兩張一模一樣的臉、穿著同樣服裝的兩名少年，相距二、三十公尺，加快腳步走著。

從寂靜的巷道，走到另一條寂靜的巷道，不知不覺來到八幡神社的石牆處。

少年通過石牆，進入八幡神社的森林中。前一天晚上的祭典已經結束，森林裡一片漆黑，沒有人煙。

銀一稍後也進入了八幡神社內。四周相當的暗，完全看不清楚，根本不知道那名少年跑哪兒去了。

這時，突然發現迎面有燈光。原來是八幡神社社殿前，豎立著昏黃的長夜燈（整晚都點亮的燈）。

社殿的長廊側，有一位可疑的人坐在那裡，是個身穿華麗條紋西裝的老人。

老人有一頭蓬鬆的白髮，長長的白鬍子垂在胸前。戴著大眼鏡，眼鏡反射長夜燈的光芒，閃閃發亮。

看到在一片漆黑中，坐在社殿長廊上的奇怪老人，銀一覺得有點害怕，心中燃起逃走的念頭。可是如果逃走，那就太懦弱了。於是又鼓起勇氣，走向老人。

「爺爺，你有沒有看到一個和我長得一模一樣、穿著相同的少年通過這裡呢？」

決心詢問老人。老人仍然坐著，一動也不動的笑著說道：

「喔！佩服、佩服，你真勇敢。和你長得一模一樣的孩子，就是你的分身。」

聲音彷彿從地底傳來般的陰沈。

「分身？你在說什麼啊？」

「就是有兩個你，一個孩子分成兩個人呀！」

「怎麼可能辦到這一點呢？」

「這是我做的事啊！哈哈哈哈哈。」

老人神秘的笑著，實在是很可疑的傢伙。

「老爺爺，你是誰呀？」

「我是尼可拉博士。」

「尼可拉博士？那麼，你不是日本人囉？」

「我出生在十九世紀中葉的德國，但我不是德國人，而是世界人。在英國、法國、俄羅斯、中國、美國都有我。只要有我存在的地方，就會發生很多不可思議的事情。我是大魔術師，也是超人。沒有我辦不到的事，我有神通力。光靠我一個人的力量，就可以顛覆全世界。我就是這麼神通廣大，哇哈哈哈哈哈。」

老人說完之後，又用那個彷彿從地底傳來的陰沈聲音笑著。

地底的牢獄

「十九世紀中葉，那就是一八五〇年左右囉？」

銀一驚訝的反問道。

「我出生在一八四八年。」

銀一豎起手指算了一下，突然訝異的大叫著。

「老爺爺，你已經一一四歲了嗎？（這是一九六二年的作品，所以是一一四歲）」

「哇哈哈哈哈，你別吃驚，我還可以再活一百年、兩百年呢！我可不是普通人，我是超人，也是魔術師。

玉村銀一，我要帶你到一個很有趣的地方去喔！到了那裡，你就知道為什麼會有和你一模一樣的少年出現的秘密了。跟我一起來吧！」

怪老人尼可拉博士，竟然知道玉村的名字，也許他正對玉村家計畫著什麼樣的陰謀。

尼可拉博士，離開社殿的長廊，牽著銀一的手，走向神社後門。走出森林，來到幽靜廣大的道路，路旁正停著一輛豪華汽車。

銀一不知道那輛汽車會把自己帶到何處，感到害怕不已。

「我要回家了。」

說著，想要甩開老人抓著他的手逃走。

「回來，不行，你已經成為我的俘虜了。」

白鬍子尼可拉博士，迅速抓住銀一，將他推向汽車。

一一四歲的老人和十三歲的少年互相拉扯，照理說，超過一百歲的老人應該會輸，但是，自稱超人的尼可拉博士，卻孔武有力，銀一根本無法戰勝他。

尼可拉博士抱緊銀一，讓他動彈不得。從口袋中掏出大手帕，捲起手帕，塞入銀一的口中。

發不出聲音的銀一，就這樣被推進車內。在車內等待、握著方向盤的駕駛，立刻發動車子。

車子奔馳了二十分鐘，停在一條寂靜巷道，由石牆圍繞的洋房前。尼可拉博士彷彿鋼鐵般堅韌的手，拉著銀一進入門內。銀一根本無法逃脫。

進入洋房後，通過寬廣的走廊，走向地下室的樓梯。

地下室是三十平方公尺大的貯藏室。舊椅子、桌子和很多的木箱，雜亂的堆放在裡面。

「這是貯藏室。表面上看起來，地下室好像只有這些東西，但是，裡面還有秘密的房間呢！也就是說，地下室裡還有另一個地下室，大家根本不會想到這一點。就算搜遍整棟房子，也不會發現。你看，這裡有一道密門喔！」

尼可拉博士說著，按下水泥牆上的隱藏按鈕。眼前的牆壁無聲無息的朝裡面打開，露出四方形的洞。

穿過洞，朝著走廊般的地方前進了一會兒，出現了兩側排列著鑲著鐵棒，好像動物園鐵籠般的房間。

尼可拉博士取出塞在銀一口中的手帕，用鑰匙打開好像鐵籠般的房間門，將銀一推了進去，關上門後，又上了鎖。

「你就在這裡好好待著。有床，也有便器。另外，三餐都會送來美味大餐。我還會來的。」

尼可拉博士說完之後，就離開了。

這是地底的牢獄，銀一成為這裡的俘虜。何時可以離開這裡呢？難道一生都要被困在這裡嗎？

「喂、喂，喂、喂。」

突然傳來人的聲音，好像是在前方的走廊上。

銀一抓著鐵籠子的鐵棒，看著那個方向。走廊的天花板上，有微暗的電燈泡，鐵籠內看不清楚。不過，依稀可以看見對面的鐵籠裡有東西在動。

仔細一看。眼睛慢慢習慣黑暗之後，可以清楚的看到對方的身影。原來是一個比銀一大兩、三歲的少年。

「喂，你知道嗎？是我啊！你和我都遇到同樣的事情。你的替身闖入你家，真正的你卻被關在這裡。」

「沒錯，你也是這樣嗎？」

「嗯！我家也有我的替身。爸爸、媽媽都沒有發現他是假的。長得和我一模一樣耶！

尼可拉博士是個可怕的超人，他能夠把人的臉調換，也能夠製造和我長得一模一樣的人，甚至把我換成另一張完全不同的臉。喂，你叫什麼名字？你家是做什麼的呀？」

「我叫玉村銀一，我爸爸經營一間玉村寶石店。」

「啊，原來是那個有名的寶石王啊！我是白井保，我家在銀座經營白井美術店。」

「我知道那間大美術店，有很多的佛像和其他東西。」

「沒錯。你知道嗎？尼可拉博士想要偷那些寶石和美術品，所以製造出我們的替身，和我們對調。我知道那傢伙的陰謀，實在太可怕了！一定要趕緊通知別人，否則事情將會一發不可收拾。」

白井保少年，緊抓著鐵籠子的鐵棒，氣得直跺腳。

可憐的女孩

兩天之後的下午，玉村的父親銀之助到銀座的店中，母親則到麴町

的親戚家。高中一年級的光子、銀一、書生（寄居在別人家中，幫忙做家事的讀書人）和傭人一起看家。

光子和銀一在光子的房間裡吃著點心。

「姊姊，我回自己的房間裡做功課囉！」

銀一說著，走出房間。奇怪，銀一從地底的牢獄中逃出來了嗎？怎麼可能輕易逃脫呢？

難道這個銀一是個冒牌貨嗎？由於長相完全相同，所以父親、母親和姊姊都被欺騙而相信冒牌貨是真正的銀一。

銀一說完走出房間之後，光子仍然坐在桌前的椅子上，看著窗外廣大的庭院。

就在這時，庭院樹叢中出現了可疑的人。

原來是個年輕的女孩。年紀和光子一樣，約莫十六歲左右。蓬鬆的頭髮覆蓋額頭，衣服破爛不堪。肩膀和腰部垂掛很多繩子，沒有穿襪子和鞋子，赤腳沾滿泥沙。

女孩看著光子，朝這裡走了過來。

一般的女孩可能會趕緊逃走，但是，光子並沒有逃開。她是個很有同情心的孩子，看到可憐的人，無法坐視不管。

有一次，看到坐在路邊穿著破爛衣服的老婆婆，她立刻脫下新訂製的外套給老婆婆穿，自己則跑回家裡。

又有一次，看到可憐的小孩，就拉他上車，帶回家中，要求母親讓他住下來。

光子就是這麼一個富有同情心的孩子。

因此，看到出現在庭院中的可憐女孩之後，不但沒有逃走，反而等著她過來，想對她說些安慰的話語。

女孩終於來到窗下，站在那裡，一直看著光子。用與她的外表極不相稱的甜美聲音說道：

「小姐，妳為什麼不逃呢？妳不怕我嗎？」

光子覺得這個女孩很奇怪，怎麼會說出這種諷刺自己的話來，於是更加的同情她，溫柔的問道。

「妳從哪兒進來的？」

「從大門啊！找不到地方的睡覺時，我就會從大門鑽進來。昨天晚上，我就待在庭院角落的雜物間裡。」

聽她說話，條理分明，很有教養。這個女孩應該不是天生就是個窮孩子。光子心裡這麼想著。

「妳肚子一定很餓了吧？妳的爸爸、媽媽呢？」

「沒有啊！我是個孤兒。我的肚子真的好餓喔！」

「萬一被別人發現就糟了，妳從窗外跳進來，我現在就去找一些吃的東西給妳。」

「沒人會來嗎？」

「沒問題，現在家裡只有我、弟弟，還有書生和傭人而已，沒有人會進這個房間的。」

聽她這麼說，女孩從窗外爬了進來。光子讓女孩坐在椅子上，然後走出房間。不久，拿著餅乾桶、兩瓶牛奶和杯子回來，放在女孩前面的桌上。

「請用。」

請她吃東西。

看來女孩肚子真的很餓，她一把抓起餅乾，塞滿了嘴巴。可能是覺得額頭上垂下來的頭髮太煩人了，所以用手將頭髮撥到旁邊去。這時，終於可以看清楚女孩的臉。

啊，真是一位漂亮的女孩！雖然衣服很髒，但是臉卻十分乾淨。白皙而豐潤的臉頰、靈活美麗的大眼睛，還有鮮紅的嘴唇。

「啊！妳……」

光子大叫一聲，不禁站了起來，想要奪門而逃。

光子感到十分震驚。不只是因為女孩長得很漂亮，而是還有更令她吃驚的事。

女孩微笑著說道：

「哇！太棒了，妳終於看清楚啦！我實在很高興。我這個髒孩子竟然和這棟華麗大宅中的小姐長得一模一樣。」

果然一模一樣！一位是留著整齊的頭髮，穿著乾淨的衣服。一位則是頭髮蓬鬆，穿著破爛的衣服。除了這些不同之處之外，兩個人無論是身高、體型或臉形，幾乎完全相同，真的好像雙胞胎一樣。

「我從很久以前就知道自己和小姐像雙胞胎，長得一模一樣。對我而言，和妳聊天是我一生的夢想。現在夢想終於實現，我太高興了。」

女孩眼泛淚光。

「怎麼會有這麼奇怪的事情呢？」

光子對她更加的同情，不斷的嘆氣。

身份截然不同的兩個女孩，就像兩姊妹似的，很快的就建立起深厚的情誼。

在光子的詢問下，女孩開始訴說自己悲慘的身世。光子聽完之後，淚流滿面。交談時才發現，兩人不只是臉長得一模一樣，甚至連氣質都很像。

說完了淒涼的身世後，兩個人愉快的聊著天。就在這時，光子突然說道：

「啊，我想到一個好點子！太棒了，現在我們就來玩這個有趣的遊戲吧！」

「小姐，妳想和我玩什麼遊戲啊？」

女孩疑惑的反問。

「小時候我曾經看過一本書，書名是『乞丐王子』（一八八二年，美國作家馬克吐溫所撰寫的少年小說），所以，我想到了一個有趣的主意。就是妳假扮成我，我假扮成妳，妳和我的衣服對調。我們長得一模一模，如果連髮型也交換，那麼妳就能變成我，我就能變成妳啦！」

會有這樣的想法，一半是因為光子悲天憫人的性格。看到這個可憐的女孩之後，希望能夠讓她暫時完成變成寶石王女兒的夢想。

「啊！我和小姐對調？太棒了，我可以穿那麼漂亮的衣服嗎？」

女孩雀躍不已。

光子在洗臉盆裡裝熱水，拿來手巾和擦腳布。首先，將女孩的臉、手，然後是腳，全都洗淨、擦乾。最後，再將她的頭髮梳理整齊，換上別的衣服。

骯髒的女孩頓時變成美麗的小姐。

光子把女孩帶到三面梳妝鏡前。

「妳看，和我一模一樣吧！」

「哇！這是我嗎？真的嗎……」

女孩說著，捏捏自己的臉頰。

現在輪到光子了。穿上骯髒破爛的衣服，用手指撥撥頭髮，使頭髮變得蓬鬆，再看向鏡中的自己。

「啊，不可以這麼漂亮！要用眉筆把自己塗得髒兮兮的，這樣看起來就和我一模一樣囉！」

女孩一高興，竟然說出這番話。光子覺得很有趣，想起學校的化妝舞會。於是按照女孩的建議，將整張臉塗得髒兮兮的。

對調

「過來，我們一起站在鏡子前看看。」

骯髒的光子牽起穿著光子衣服的女孩的手，站在鏡子前面。

「妳看，妳和我一模一樣，我和妳也一模一樣，沒有人能夠分辨出來。」

「太棒了，我變成了漂亮的小姐，可是這樣不行，萬一被別人發現就糟了。我們還是把衣服換回來吧！」

「沒關係，我想讓大家嚇一跳，妳就安心的待在這裡。妳過去把書生和傭人叫來，吩咐他們端紅茶來。如果沒有人懷疑妳而可以平安無事的回到這裡，那麼，妳就給他們一些獎勵，像是零用錢之類的東西。」

光子似乎迫不及待的想進行這個惡作劇。

「可是我怕會被發現。」

和光子長得完全一樣的女孩一直猶豫不決。

「怎麼會被發現呢？妳看看鏡子，妳和我一模一樣，絕對沒問題。去吧！」

光子說著，把女孩拉到門邊，推向走廊。冒牌的光子無可奈何，只好往前走。

繞過轉角，正好看到書生迎面走來。冒牌的光子，難道會嚇一跳而想要逃走嗎？

不，不，這時發生了可怕的事情。真正的光子，想都沒想過的事情發生了。冒牌的女孩跑到書生身邊，大叫著：

「快來人啊，糟糕了！我的房間裡有一個奇怪的女孩，快去把她趕走。」

假扮成光子的女孩，說出驚人的話。

書生不疑有他，聽從她的吩咐。

「咦！小姐的房間裡出現可疑的傢伙？好，妳在這裡等著，我立刻去把他抓出來。」

書生立刻跑進光子的房間，看到一位臉塗得髒兮兮的女孩，坐在鏡子前面，正面露微笑的看著自己。

「喂，妳怎麼會在這裡？快出來，再不出來，我就報警抓妳囉！」

無視於他的咆哮，對方露出奇怪的表情說道：

「你幹嘛這麼生氣啊？我只是想惡作劇一下，你不需要生氣呀！」

書生聽不出光子話裡的含意。

「笨蛋，竟然溜到別人房間裡惡作劇！快出來，再不出來我就要修理妳了。」

書生抓起女孩（真正的光子）的後脖頸，把她帶到窗邊，用力將她扔出窗外。

女孩倒在窗邊，全身沾滿泥沙。

「青木，你幹什麼？你以為我是誰啊？」

光子掙扎的站起身來，對著窗內的書生大叫著。青木是這個書生的名字。

「少說廢話，我才不管妳是誰。快滾出去，再不出去，我還要修理妳呢！」

書生一副想跳出窗外的架勢。

光子心想，光是大吼大叫也沒用，必須說出事情的始末才行。

「青木，你會弄錯也是無可厚非的事情。我是光子。我和從庭院中走進來的那個女孩對調了衣服。」

聽她這麼說，書生放聲大笑。

「哇哈哈哈哈哈，妳在說什麼蠢話。正好，光子小姐現在進來了。小姐，這傢伙說她和妳對調衣服。」

這時，窗戶上映出兩張臉，就是冒牌的光子和弟弟銀一。

「啊，妳在那裡呀！快點幫我告訴他，妳穿了我的衣服，而我穿了妳的衣服。」

結果，假扮成光子的女孩，卻眼睛瞪得大大的，故意裝作很驚訝的樣子。

「太可怕了，怎麼會有這種事呢？誰會相信妳這種蠢話。青木，立刻將這個女孩趕出門外。」

髒兮兮的光子，嚇了一跳。

「咦，妳說什麼？原來妳是這麼可怕的人啊！銀一，你應該認識我吧？我是姊姊光子呀！」

臉伸向窗邊，叫喚弟弟銀一，但是銀一卻不理她。

「光子姊姊在這裡啊！我怎麼會有像妳這麼髒的姊姊呢？妳還是快走吧！」

鞦韆的繩索全都斷掉了，沒有人可以幫助她。

啊！怎麼可能會發生這種事呢？原本只想惡作劇，和對方對調衣服穿，萬萬沒想到竟然遇到如此可怕的事情。光子感到非常後悔，但是，現在後悔已經太晚了。

這時，書生從走廊繞過來，來到庭院，露出兇惡的表情。

「快出去，回妳的破屋去。」

說著，抓住光子的後脖頸，將她推出門外。

父親在銀座的店中，母親則到麴町的親戚家去，沒有人可以幫她。

弟弟銀一為什麼連看都不看我一眼呢？光子覺得很奇怪。

各位讀者應該已經知道了吧！他只是和銀一長得一模一樣的冒牌貨，真正的銀一，早就被尼可拉博士這位白鬍子的老爺爺，關在地下室裡了。

啊！這到底是怎麼回事？怪人尼可拉博士到底有什麼企圖呢？先是讓冒牌貨和銀一對調，現在又讓髒女孩和光子對調，展開了一連串可怕的計畫。

「快滾！」

書生打開鐵門，毫不留情的把光子扔了出去。接著，啪的重重關上鐵門，走回屋內。

人偶紳士

光子在被書生推擠時，膝蓋受到撞擊，痛得倒地哭泣。

啊！如果不模仿『乞丐王子』，那該有多好。沒想到模仿小說的情節，竟然會讓自己遇到這樣的事情，我該怎麼辦才好呢？

正在思考時，突然發現有東西在戳自己的臀部。

嚇得回頭一看，竟然有六個孩子圍繞著她。

附近的頑皮孩子看到骯髒的女孩跌坐在地，全都聚集了過來。其中一個人手持木棒，戳著光子的臀部。

光子瞪著那個孩子，掙扎著想從地上爬起來。孩子們隨即哇的一哄而散。

不能再繼續待在這裡了，否則孩子們又會回過頭來欺負自己。

光子忍受著膝痛站了起來，一拐一拐的走著。

「哇！喂！骯髒的姊姊，妳要到哪兒去啊？」

孩子們又跟在她的身後。

光子面露可怕的表情，回頭瞪著孩子們，孩子們哇的又逃開了。不久，又跟了上來，用一些低級的字眼嘲笑她。

光子真想哇的放聲大哭，但還是緊咬嘴唇，忍耐著加快腳步離去。

轉了幾個彎，大約走了四百公尺之後，孩子們不再跟著她了。

啊！心想自己終於獲救，於是朝著巴士站走去。現在只好到銀座的店裡，將事情的經過告訴父親，請父親幫忙。除此之外，別無他法。

光子邊走邊想，打算搭乘巴士。就在這時，突然發現身上根本沒有半毛錢。銀座離這裡非常遠，根本不可能走路過去，頓時束手無策。

光子完全沒有發現，從剛才開始，就有一個可疑的男人一直跟在她的身後。身穿深灰色的西裝、深灰色的外套，戴著同色的鴨舌帽。沒有鬍子，光溜溜的臉上，戴著圓圓的眼鏡，看起來有點奇怪。

臉色很好，沒有皺紋，非常的光滑，就好像西服店櫥窗裡的人體模特兒似的，是個有如人偶般的紳士。

光子沒錢坐巴士，不知該如何是好的呆立在原地。人偶紳士若無其事的走過光子的身邊，繼續往前走了一會兒。接著，從口袋裡掏出錢，輕輕的放在地上，然後就朝對面的轉角走去了。

轉個彎，停下腳步，從圍牆的轉角探出頭來，偷窺光子的舉動。

光子心想，就算站在這裡也沒用，於是開始來回踱步。往前走了幾步，結果發現人偶紳士放在地上的錢。撿起來一看，是一百圓的硬幣（相當於現在的一千圓）。有了這個錢，就可以坐巴士了。不知道是誰掉的錢，內心掙扎了一會兒，終於下定決心，加快腳步走向巴士站。等到開往銀座的巴士到來時，立刻坐上巴士。

所幸車上人潮擁擠，沒有人看清她那骯髒的模樣。不過，即使悄悄的站在角落裡，旁邊的人還是會盯著她瞧，甚至連車掌都皺眉瞪著她。

光子覺得很難為情，並沒有察覺到那個有著一張好像人體模特兒的臉的人偶紳士，也坐上了這班車。

他跟在光子身後上車，但是一直和光子保持距離，手上抓著吊環，故意看著另一個方向，假裝不認識光子似的，不過，有時也會偷看光子幾眼。光子直到在銀座下車時，都沒有發現他的存在。

下車之後，光子立刻趕往玉村寶石店。人偶紳士也在同一站下車，跟蹤著光子。因為銀座大街極為熱鬧，所以不必擔心會被光子發現。

光子從玉村寶石店光亮的櫥窗之間走進店中。

「喂、喂，妳不可以到這個地方來。如果想乞討東西，就到後面去吧！」

年輕店員看到光子，大叫著。

光子認出這位店員，但是，對方卻不認識自己。

「我是因為某種原因才變成這個樣子的，我是玉村光子。爸爸應該在裡面吧，我要去找他。」

店員嚇了一跳，盯著用眉筆塗得髒兮兮的光子的臉。

「妳說什麼，妳是光子小姐？小姐不可能穿這麼髒的衣服，妳少在這裡唬人，快出去、快出去！」

「不，無論如何我都要見爸爸，你不要阻擋我，讓我進去。」

「不行、不行，妳這傢伙簡直瘋了！快滾，再不出去，我就要揍妳喔！」

可能是聽到吵鬧聲，這時，通往後面的玻璃門被推開，父親玉村銀之助出現了。

「不要理她，把她扔到大門口，這傢伙是可怕的騙子。只是臉長得像我女兒，竟然就謊稱自己是光子，想要來騙我。快把她扔出去！」

啊！沒想到連父親都這麼說，光子真是欲哭無淚。

「爸爸，這是有原因的，請你聽我說。雖然我變成這副模樣，但我真的是光子。」

即使拚命的解釋，玉村先生還是不理會她。

「理由我早就知道了，我已經聽真正的光子說過了。光子，讓這傢伙看看妳。」

聽到父親的叫喚，假扮光子的冒牌貨，從玉村先生的身後探出漂亮的臉。

啊，動作真是快！冒牌光子早就知道真正的光子會來向父親求救，所以，早一步坐車趕到這裡來，而且事先說服父親。那麼，就算是真的光子出現，也束手無策了。

連玉村先生都相信冒牌貨，這是因為冒牌貨和真的光子長得一模一樣的緣故。怎麼會有這麼像的兩個人呢？這是普通人無法想像的事情。

好像在做惡夢似的，一定有什麼不為人知的原因。其中存在著科學無法解答的可怕秘密。

然而，光子並未想到這一點，只是非常懊惱、悲傷且氣憤。

「錯了，她才是冒牌貨！只是我們兩人的衣服對調了，她穿著我的衣服，我才是真正的光子。」

玉村先生，以兇惡的表情瞪著哭泣的光子。

「我知道，我當然知道妳會這麼說。大家不要理這位騙子，把她扔出去。」

現在說什麼都沒用了，光子被店員們架出了大門。

光子在店前待了一會兒，最後只好放棄，腳步沉重的離去。

這時，之前那個好像戴著假面具的人偶紳士突然出現，叫住光子。

「光子小姐，我知道妳是光子小姐。我一定會揭開事實的真相，但是，現在還不行。妳先到我家來，我們再共商大計。一切等到我家之後

再說吧！」

在她耳邊輕聲說著。

「你是誰啊？」

光子嚇了一跳，反問道。

「我對妳很熟悉，放心的跟我走，來吧！」

人偶紳士說著，靜靜的先走一步。光子就像被一條看不見的繩子拉住似的，搖搖晃晃的跟著怪人紳士離去。

小林少年

銀一遇到的是，白鬍子的老爺爺，光子遇到的則是，好像人偶一般的紳士，都是將她們帶到陌生的住宅去，關在那裡的地下室裡。

現在冒牌的光子和銀一在玉村家，沒有人發現真正的光子和銀一被

掉包了。冒牌的光子和銀一模仿得非常逼真。

不過，有一位懷疑假銀一的少年。

那就是曾經看到銀一當扒手的松井，也是銀一的同班同學。

松井知道還有一位和銀一長得一模一樣的少年。如果這個少年和銀一對調，那麼不知道會變成什麼情況？想到這裡就讓人覺得毛骨悚然。

有一天，松井趁著午休時間，和銀一並肩在學校運動場上散步。

「玉村，你真的是玉村吧？」

松井說著奇怪的話。

「你說什麼啊？我當然是玉村。你為什麼會這麼問我呢？」

銀一臉上露出困惑的表情。

「你有沒有少年偵探團的徽章啊？」

「今天沒帶來，在家裡。」

松井和玉村都是少年偵探團的團員。每個團員都擁有二十多個ＢＤ

徽章，規定隨時都要擺在口袋裡。如此一來，被歹徒綁架時，就可以撒在路上，為其他團員留下線索。難道玉村不知道這個規定嗎？

「那麼七大道具呢？」

「咦！七大道具？」

少年偵探團的七大道具是①BD徽章、②筆型手電筒、③哨子（叫喚別人的哨子）、④放大鏡、⑤小型望遠鏡、⑥指南針、⑦筆記本和鉛筆。

「什麼都沒帶嗎？」

「嗯！我今天什麼都沒帶來。」

「喔！那麼你說說看到底有哪些東西呢？」

玉村頓時無言。思索了一會兒，終於結結巴巴的回答。

「BD徽章、……手電筒，還有……玩具手槍，還有……嗯，彈簧刀，還有……」

結結巴巴說到這裡就答不下去了。玉村竟然不知道七大道具。於是松井又問道：

「那麼，除了七大道具之外，只有團長和就讀中學的團員才有的道具，你知道是什麼嗎？」

玉村支支吾吾的說不出來，看來他真的不知道。

「是繩梯。」

當松井告訴他時，玉村才假裝想起來似的說道：

「對啊，是繩梯。我想起來了，就是兩條繩子之間架著很多能夠踩腳的木棒嘛！」

「錯了，是黑色的絲繩纏繞在一起的繩子。不是兩條，而是一條。這條絲繩每隔三十公分就綁著可以讓腳趾勾住的珠子。」

「啊！對、對，我突然忘記了，是黑色的絲繩。」

玉村企圖掩飾的說道，但是松井已經明白，他根本不知道真相。

松井確認這傢伙是冒牌貨之後，並沒有當場揭發他。這天放學後，他來到明智偵探事務所找小林少年。

明智偵探有事到北海道去，小林少年和少女助手小植兩人負責看守事務所。

小林是少年偵探團的團長，立刻將松井帶到客廳去，聽他說明事情的始末。

松井將在祭典那天，看到和玉村銀一長得一模一樣的少年之後所發生的事情，一直到今天在學校兩人的交談全都一五一十的說了出來。

「所以玉村可能已經被冒牌貨對調了。竟然有長得這麼像的人，實在是很不可思議，看來似乎是事實。我真的看到那傢伙當扒手呢！」

「奇怪，明明不是雙胞胎，但是，卻有兩個長相一模一樣的人，真的很難想像。」

小林少年也是頭一次聽到這種事。

「就是這樣才不可思議啊！但是，真的有比雙胞胎更像的兩個人。那傢伙在玉村周圍徘徊，實在很奇怪。他沒有帶徽章，也沒有帶七大道具，這證明他並不是真正的玉村。」

「也許其中隱藏著什麼陰謀？」

「玉村的爸爸是寶石王，可能是企圖想要盜取寶石，一定要趕快將這件事通知玉村的爸爸才行。」

「嗯！說的對。如果明智老師在就好處理了，可是他一週之後才會回來。不過，聽你這麼說，我也不能夠放任不管。就由我去見玉村的爸爸，告訴他這件事情吧！」

「嗯！我也這麼想。和冒牌貨對調的玉村，現在不知道在哪兒，會不會遇到什麼悲慘的事。」

「那麼，我就立刻打電話去問玉村先生現在是不是方便。如果還在銀座的店裡，我就可以過去拜訪他。假的銀一還在他家，如果到他家去拜訪，可能不方便。」

當小林打電話過去時，玉村銀之助正好在店裡，立刻接過電話。玉村聽說過小林的事蹟，知道他是名偵探明智小五郎的助手，建立過許多的功勞。報紙曾經大篇幅的加以報導，因此，沒有人不知道小林少年的名字。尤其玉村銀一是少年偵探團的團員，對於團長小林自然備感親切。

「謝謝你經常照顧我們家的銀一。」

玉村先生接電話時，先禮貌的打招呼。

「我想和你商量關於銀一的事情，現在能否到你的店裡拜訪呢？」

聽他這麼說，玉村先生答應在店裡等他。

三十分鐘後，小林和松井兩人在銀座玉村寶石店的社長室，和老闆玉村銀之助先生談話。

小林將從松井那裡聽到的事情詳細的告訴玉村先生時。玉村先生剛

開始根本不相信會有這種蠢事，但是，當小林一一的指出疑點時，玉村先生也不禁抱住雙臂開始沈思著。

過了一會兒，喃喃自語的說道：

「這麼說來，那個女孩可能是真正的光子嘍！」

「咦，那個女孩？」

小林驚訝的反問道。

「兩、三天前，一個髒兮兮的女孩突然來到店裡，說自己是真正的光子，還說在我身邊的是冒牌貨。

光子是銀一的姊姊。光子說她和自己長得非常像的女孩對調衣服，可是我不相信這種愚蠢的事情，因此，把那女孩趕出店外。現在回想起來，她長得和光子一模一樣。如果銀一是冒牌貨，那麼，光子應該也被冒牌貨對調了。

可是真的會有這種事嗎……不，不，可能會有這樣的事情。啊！真是太可怕了！在這個撲朔迷離的事情背後，到底隱藏著什麼不可思議的陰謀呢？

不過，怎麼會有這麼像的人呢？小林，你認為如何？」

「我也不知道。我想，這可能是一種魔術吧！這個事件的背後，一定躲藏著可怕的壞蛋。

我打算去調查一下這件事。雖然明智老師不在，但是，我會盡心盡力去做。」

「那麼，萬事拜託了。我也會注意光子和銀一的動靜。你就從外面著手調查吧！如果他們真的是冒牌貨，就應該會和躲在暗處，這個陰謀的幕後主使者聯絡。」

大家又商量了一會兒之後，小林和松井兩位少年向玉村先生道別，然後就各自回家了。

黃金虎

從這天晚上開始，小林假扮成衣衫襤褸的少年，持續監視著渋谷的玉村家。

第一天晚上很平靜，第二天晚上卻發生了可怕的事情。

這是個沒有月亮、一片漆黑的夜晚，時間大約是晚上八點左右。

有人在玉村家後門的水泥牆下，丟了一張席子。藉著遠處的街燈燈光，依稀可以看到這張席子。

啊！不料，席子竟然在移動著。仔細一看，原來席子下面躲了一個人。可疑的傢伙蓋著草席，在那兒睡覺。附近是非常寂靜的住宅區，沒有任何的聲響，一片死寂。

不久，巷子對面有一個漆黑的龐然大物，迅速朝這兒接近。

原來是關掉車頭燈的汽車。

可疑的汽車，停在有人躲藏的草席旁。

車門無聲無息的打開了，奇怪的大東西跳了出來。

哇！閃耀金色光芒，不是人，而是用四隻腳走路的猛獸。是老虎，是黃金虎！

東京城內竟然出現老虎，而且這個怪物還是坐著汽車前來。

金色老虎在這附近來回踱步，不時低著頭，好像在找尋什麼東西似的。就在這時，突然跳到水泥牆上，彷彿走鋼絲一般，走在狹窄的圍牆上。

躲在地面草席下的人抬起頭，看著這一切。

在牆上走了十公尺的距離，黃金虎跳到玉村家中，消失了蹤影。

地面上的草席突然被掀開，躲在下面的人站了起來。是個少年，是個衣衫襤褸的少年。

少年偷窺停在旁邊的汽車，不禁「咦」的發出奇怪的叫聲。

車內空無一人，沒有駕駛。這麼說來，是黃金虎自己開車來的喔！哪有這麼能幹的猛獸呢？

少年確認沒有任何人在車上之後，便繞到車子後面，手放在行李箱蓋上，試著打開蓋子。

行李箱沒有上鎖，蓋子一下子就被打開了。往裡面一看，沒有任何行李，空無一物。於是少年迅速鑽入行李箱中，躲在裡面，蓋上行李箱蓋，打算進行跟蹤。

少年心想，黃金虎一定會再回來，同時開車到不知名的地方去。他準備跟蹤黃金虎。

大約過了十分鐘，什麼事情都沒有發生。沒有任何聲響，也沒有任何動靜。

就在這時，水泥牆上探出金色的頭，原來是黃金虎的臉。閃閃發亮的眼睛看著圍牆外。

跳上圍牆，開始緩慢的行走。在接近汽車附近時，跳到地面上，鑽進車內的駕駛座上。

果然是這隻猛獸自己開車。

汽車穿梭在寂靜的巷道裡。

二十分鐘後，汽車開進大洋房的門內，停了下來。

黃金虎從車上下來，用四肢爬行。來到玄關門前時，用後腳站立，好像人一樣的打開門，消失在門內。

少年悄悄的推開行李箱蓋，觀察四周的情況。確認老虎進入門內之後，將行李箱蓋整個打開，從裡面爬了出來。走到玄關門邊，豎耳傾聽裡面的動靜。

過了一會兒，悄悄的打開門，偷窺裡面的情況。藉著電燈泡昏黃的光線，可以矇矓的看見屋內的光景。

走廊從玄關、大廳一直朝裡面延伸，但是，並沒有看到任何人影。

不，應該說連虎影也沒有。

少年大膽的溜進門內，躡手躡腳的沿著走廊朝裡面走去。

大約走了二十公尺，迎面看到閃閃發亮的東西，原來是黃金虎的背部。那傢伙果然是用後腳站著走路。

「哇哈哈哈哈……」

突然傳來詭異的笑聲。

少年嚇了一跳，停下腳步。

啊！真的是老虎在笑。

「哇哈哈哈哈……」

老虎回頭看著少年。閃閃發亮的眼睛變得更細，嘴巴彎成新月形，笑得令人毛骨悚然。

「喂！小林，你的確扮得很像，但我還是知道你是明智偵探的助手小林。你中了我的計。我知道你會跟蹤我，所以故意引誘你上當。」

老虎竟然說著人話。

原來衣衫襤褸的少年是小林，他落入了別人設下的圈套。

這下糟糕了，一定要趕快逃走。

「想逃嗎？逃不掉了。你看！哇哈哈哈……」

黃金虎發出可怕的笑聲，大笑了起來。

在牠發出笑聲的同時，傳來「喀」的聲音。從天花板上落下大的鐵柵欄。

鐵柵欄佔滿整個走廊，已經無路可退了。

沒辦法，只好往前衝。這時，又聽到從地面傳來喀喀的聲響。前面又有鐵柵欄落了下來。

前後去路都被鐵柵欄封住，就好像關在牢籠裡一樣。

「哇哈哈哈……，怎麼樣，這個機關讓你感到很驚訝吧？就算是小林少年偵探，從今天開始，也要成為我的俘虜。現在我要帶你到另一

個房間去，你就在那裡好好的待著吧！」

老虎站在鐵柵欄外。說話時，張大嘴巴，可以看到紅色舌頭不停的動著。

「你到底是什麼東西？」

小林用力的大吼著。

「我是人啊！可是沒有一定的相貌，因為我可以假扮成任何人或猛獸。不只是老虎，甚至是獅子、豹、大蛇。

你想知道我的名字嗎？我就是一一四歲的尼可拉博士魔術師，是超人。」

「帶著和玉村銀一長得一模一樣的少年，並且把他們對調的人就是你吧！你把銀一藏到哪兒去了？」

「銀一就在這棟房子裡。不，不只是銀一，還有很多人都成為我的俘虜。除了銀一的姊姊之外，還有很多你不認識的人。」

「全都和冒牌貨對調了嗎？」

「啊哈哈哈……你終於明白了，很吃驚嗎？我可以製造出任何的冒牌貨，同時和任何人對調。例如，我也可以製造出和你長得一模一樣的替身。這就是魔法博士的神通力。啊哈哈哈……」

黃金虎用後腳站立，流利的說著人話，實在讓人覺得不可思議。在聽牠說話時，小林不由得升起一股恐懼感。

如果黃金虎說的是事實，那麼，當小林少年被關在這裡時，和他長得一模一樣的替身，將會回到明智偵探事務所去。到時候將會發生什麼事情呢？愈想愈害怕。

猛獸汽車

寶石王玉村銀之助，根本不知道在自家附近監視的小林少年已經被

怪人抓走。就在老虎開車的奇妙事件發生後的第二天上午十點，玉村先生和平常一樣，搭車到銀座店裡去。

路上車水馬龍。數十輛的卡車、巴士和自用車，排成三列，停在紅綠燈前。有時還得等上十分鐘之久。玉村先生早就已經習慣塞車，因此一點也不會感到焦躁。閉著眼睛，靠在座椅上。

右側的玻璃窗打開了一半，有東西叩叩敲著玻璃。

驚訝的睜開眼睛一看，右側停著一輛自用車。對方的車窗就在自己車窗的旁邊。

當玉村先生看過去時，對方的車窗被厚紙遮住，看不清楚裡面的情況。

不過，之前叩叩敲打玻璃的，確實是在那個車窗裡的人。難道他敲完之後就用厚紙遮住，躲起來了嗎？

正覺得「奇怪」時，厚紙慢慢的往下移動。厚紙的後面出現黃色發亮的東西，正在窺視著自己。

厚紙只下降了一半，看不清裡面究竟是什麼東西，但是，真的是很奇怪的東西。

厚紙又慢慢的往下降，漸漸可以看見裡面的東西了。

玉村先生大吃一驚，幾乎要從座位上站了起來。

在半開的玻璃車窗內，他看見了可怕的老虎臉。

閃閃發亮的大眼睛，正瞪著自己。

玉村先生心想，可能是有人故意把大的老虎玩具擺在膝上吧。

但是，老虎的臉有人臉的一倍大，怎麼可能會有這麼大的玩具呢？

不，不是玩具！

老虎的眼睛會動，嘴巴張開，而且口中鮮紅色的舌頭正在移動著。

「哇嘿嘿嘿嘿……」

老虎在笑，就好像人類的老人一般，用嘶啞可憎的聲音在笑。

只有人才會笑，其他的動物應該不會笑吧！

而且，像老虎這樣的猛獸會笑，也實在是出乎人的預料。

玉村先生由於過度驚訝而目瞪口呆，根本忘記了害怕。

接著，又發生了更可怕的事情，老虎竟然開口說話了。

「小心哦！待會兒可能會發生可怕的事哦！」

猛獸居然說出人話來。

玉村先生覺得自己像是在做夢般，還在發呆，但是突然回過神來，想到自己目前正在車陣當中，如果大聲呼喊，應該會有人來幫忙，就算是猛獸，也沒有辦法順利的逃離這個塞車的車陣吧？

玉村先生，拍拍前座駕駛的肩膀說：

「你看見了吧？」

「嗯！看見了。」

兩個人再一次朝右面看去，但對方的車窗又用厚紙遮住，看不見老虎了。

「趕緊通知大家！快大叫吧！」

他們打開另一側的車門，探出身子。

「喂！不好了！那部車子裡面有老虎啊！」

放聲拼命大叫。

車上竟然載有老虎！這的確是很驚人的事情，令人無法置信！但是因為他們煞有其事的大叫，於是勇敢的駕駛都跳下車跑了過來。

人數不斷的增加，終於連指揮交通的警察也握著手槍跑了過來。

大家包圍在那部可疑的車子四周。

這時候，車窗上的厚紙已經不見了，可以清楚的看見裡面的情形。裡面坐著一位紳士，並沒有看見老虎。警察要那位紳士打開車門，搜查車子。

「有人說從窗外看見車裡面有老虎，你有沒有帶著老虎啊？」

「哈哈哈哈……你在說什麼呀？怎麼可能會有這種蠢事呢？是誰說的？」

「是那個人。」

警察用手指著一旁的玉村先生。

「哈哈哈哈……，你是在做夢吧？是不是在車上打盹呢？」

「不，是真的！有金色的老虎……」

玉村先生急忙辯駁，但是，真的沒有看見老虎的蹤影，所以，也沒法子與對方爭執。

「什麼？是在做夢啊？老虎怎麼可能會在車上？真是太奇怪了，莫名其妙！」

大家都不高興，忿怒的各自回到自己的車上。

警察擔心車子繼續停在這裡的話，交通將會大亂，於是指示車子繼續往前開。

玉村先生上了車，車子再度向前開。車子在紅綠燈交會的十字路口分成三路，各自朝不同的方向前進，後來，就再也沒看見那部可疑的汽車了。

大時鐘之怪

玉村先生到達銀座的店裡時，趕緊打了一通電話給明智事務所，請小林少年到店裡來一趟。

三十分鐘後，小林少年來到了玉村寶石店的社長室。

各位讀者會不會感覺奇怪呢？小林少年昨天晚上不是已經被怪人關在奇怪洋房的地下室了嗎？難道小林這麼快就脫困了嗎？不！不是這樣的，關於這點，我想大家應該都知道是怎麼一回事吧。

但是，玉村先生什麼也不知道，他認為來到店裡的是真正的小林。

玉村先生詳細的對小林說明，之前所發生的事情。

「那隻老虎看著我的臉，還警告我要小心，說什麼將要發生可怕的事。」

「咦！是老虎嗎？」

小林表示驚訝，反問玉村先生。如果是真正的小林，應該在昨天晚上就已經聽見金色老虎說話了呀。

「是啊！老虎會說話，真是教人難以置信，但是他真的會說話。」

「可能是有人假扮成老虎吧。」

「嗯！我也這麼想。應該是超人尼可拉博士。尼可拉博士不是可以假扮成任何東西嗎？他先假扮成老虎來嚇我，趁大家包圍他的時候又喬裝成紳士，應該是這樣吧。」

「他既然警告你會發生可怕的事情，那你可不要掉以輕心哦！」

「是啊！所以，我才請你到店裡來一趟。雖然店裡有很多店員，但是，那個傢伙就像妖怪一樣，我看還是得借重你這位名偵探的智慧才能放心。」

「謝謝你。可是我比較擔心你在澁谷的家，看來還是得借重警察的力量。我打個電話給警政署的高階警官中村先生，請他派兩名警官去監視你家四周吧！」

玉村先生覺得這樣也不錯，於是由小林打電話給警政署，中村警官答應為他安排一切。中村警官是明智偵探的好友，也認識小林，並不會因為他是一位少年而忽視他的請求。

「我就留在這裡保護你好了，我覺得你今天很危險。」

小林說著，在房間裡來回踱步。

不久，年輕的店員進入了社長室。

「時鐘已經用卡車運來了，您要看看嗎？」

「嗯！放在這裡，就在這兒打開好了，因為那是一件非常罕見的美

術品。」

店員聽他這麼說，又回到店面。過了一會兒，聽見喀喀的腳步聲，兩名貨運工人搬進來一個兩公尺的長方形木箱。

木箱裡所擺放的，應該是比人更高，在西方稱為「老爺鐘」的鐘擺式時鐘。

玉村寶石店雖然是寶石商，但是，有時候也接受顧客預定西方的時鐘。

據說是某位非常有錢的客戶，想要尋找明治時代極為有名的「老爺鐘」，經四處打聽的結果，發現這個華麗的大時鐘，於是約好今天要來看貨。

發現這個大時鐘的掮客（為別人買賣東西並收取佣金的人），跟在兩位搬運工人的身後走了進來。

「啊！橋本先生，辛苦你了！這就是你所說的時鐘嗎？」

玉村先生和這位名叫橋本的掮客，是最近才開始來往的。

「是啊！這的確是很大的美術品喔。」

「聽說都沒有用到機械？」

「是啊！真是巧妙，沒有用到機械，卻可以走出正確的時間。」

「真是罕見！那麼，要不要把店員都叫過來呢？」

「不用！我想讓社長一個人先看，因為這是非常棒的美術品喔！」

「我一個人嗎？這樣也好。小林在這裡沒有關係吧？可別看他身材矮小，他可是我的保鑣喔！」

「當然沒關係，這位先生真的是你的保鑣嗎？」

掮客露出驚訝的表情。

「他就是民間偵探明智小五郎的助手小林呢。」

「哦！就是那位頂頂大名的小林少年喔。我曾經在報紙上看過你的照片，的確是小林！那可真是個大保鑣喔。」

因此，小林可以和玉村先生一起看這個罕見的「老爺鐘」。然而，就在這時候，小林似乎想到了什麼，走到玉村先生的身旁。

「門的鑰匙給我。」

說完，伸出手來。

玉村直覺的認為，將鑰匙交給保鑣是理所當然的事，絲毫也沒有起疑，就從口袋裡掏出鑰匙，交給了小林。

「把箱子打開吧！」

掮客向兩名貨運工人示意。兩名工人拿起拔釘及鉗子開始拔開木箱的釘子。

這時候，玉村先生一直注視著木箱，無暇顧及其他。小林就在這個時候做了非常奇怪的動作。

小林依然面對著玉村先生，但是卻慢慢向一旁移動到門邊，手挪到後面，若無其事的將門鎖上。

更奇怪的是，小林依然面對眾人的方向，從褲子後面的口袋裡掏出了一條大手帕，並捲成一團放在右手上。他到底想要做什麼呢？

「哪，仔細看喔！」

揹客煞有其事的這麼說。

兩名工人將已經拔除釘子的木箱蓋子往旁邊移時，看見用白布包著的東西橫陳在眼前的箱子裡。

這時候，整個房間內霎時瀰漫著一股嚴肅的氣氛。

揹客雙手握拳，露出可怕的神情瞪著玉村先生。

小林少年從門前慢慢的挪動身子，朝玉村先生的後方接近，手上還握著裹成一團的白手帕，準備隨時都可以派上用場。

兩名工人雙手提起箱中白布的兩端，擺好架勢，一、二、三，啪的掀開白布。

當然，他們並未喊出一、二、三的號令，但是，揹客的眼光卻具有

同樣的作用。

啪！白布掀開了。

「啊！」

玉村先生驚叫了一聲，一動也不動。

木箱裡並沒有大時鐘，而是躺著一個人。

他不是死人，是活生生的人，而且是一個讓人非常驚訝的人！

這名男子慢慢的坐了起來，然後站起來，走到箱子外面。

啊！你們大家看看，怎麼會有兩個玉村先生呢？

從箱子裡走出來的男人，長得和玉村先生一模一樣，甚至連西裝和領帶都完全相同。兩個人相距不到一公尺，面面相覷。

這真是非常不可思議的情景，兩個人的長相完全相同，再怎麼仔細看，也分辨不出誰是本人、誰是替身？

這個世上怎麼可能會有兩個長相完全相同的人呢？這一定是超人

尼可拉博士的魔術。這可怕的魔術，到底具有何種魔法種子呢？

玉村先生非常擔心，如果自己繼續呆立在這裡的話，那麼，箱中的男子將會變成自己，而自己將會躺在箱中，不知會被帶往何處。

店裡面有許多店員，此時若是大聲呼叫，他們就會聞聲立刻跑過來幫忙。

玉村先生打算大聲呼救。

但是，已經來不及了。他張開的嘴被白色的手帕捂住了。小林少年從玉村先生身後，以摻有麻醉藥的手帕捂住了他的口鼻。

接著，迅速的將他抱入箱中。

被麻醉藥迷昏的玉村先生，就這樣的躺在木箱裡，木箱的蓋子也被用釘子釘住了。

冒牌的玉村先生，悠閒的坐在搖椅上，好像自己真的是社長，在那兒發號司令。

「小林，把門打開，叫店員進來！」

小林少年當然也是個冒牌貨。他從口袋裡掏出先前的鑰匙，把門打開。

「來人啊！」

他大聲叫喊。

一名年輕的店員跑了過來。

「太過分了，趕快把這個東西拿走，竟然拿贗品來欺騙我！」

冒牌的玉村先生對著掮客大吼一頓，然後看著店員說道：

「把這個人趕走，他竟然拿假貨來騙我！」

偽裝成掮客的男子低頭不語，他命令兩名工人扛起木箱，離開了這家店。

卡車一直等候在外面，木箱被扛到卡車上面，掮客也跟著上了車。

車子發動後揚長而去，不知開往何處。

最後一人

玉村銀之助，在銀座的寶石店內被掉包的事件發生後，第二天，他位在渋谷的家也發生了可怕的事。

光子和銀一在一樓的柴房裡，由窗子望向庭院。四周微暗，樹叢中一片漆黑。

在一片黑暗中，有金色的東西在晃動著，兩個人一直在注視著它。

「你們在看什麼?院子裡有什麼嗎?」

回頭一看，父親銀之助站在那裡對著他們笑。當然，這個父親也是冒牌貨。

「樹下有金色的東西。」

銀一回答父親。

「咦！金色的東西？」

「嗯！一定是那個傢伙，就是那個金色的老虎！」

這時候，有一個人從住家旁邊走向庭院，是一個穿著洋裝的女子。

「啊！是媽媽。她為什麼要到院子裡去呢？」

光子感覺很奇怪而低聲嘀咕著。

「啊！庭院圍牆的門被打開了，有人進來了，媽媽一定是要去見那個人。」

銀一大聲說著。

媽媽秋子在黃昏時候加快腳步，朝著後門前進，可能是事先已經和從那兒進來的那名男子約定好了。

秋子行進路線的左側，有一片大樹林，裡面一片漆黑。

「啊！」

突然，光子、銀一和爸爸同時發出叫聲。

因為他們看見樹林中閃耀著光芒。

定睛一看，正是那可怕的金色虎！

那傢伙慢慢的從樹叢中跳了出來，發出可怕的叫聲。

媽媽秋子嚇得後退了幾步，跌坐在地上。

在窗邊目睹這一切的父親和光子姊弟，若在平時，一定會趕緊過去救母親；但是現在，由於三個都是冒牌貨，所以，就算母親跌坐在地，他們也視若無睹。

父親和兩個孩子對望，露出了神秘的微笑，那是非常無情的笑容。

在庭院裡，除了先前的男子之外，又有另一名男子從後門進來。

兩名男子跑向跌倒在地的秋子身邊，攙扶著她走出後門。

金色虎的任務似乎是負責嚇唬秋子，嚇完秋子，已經無事可做，於是消失在黑暗的樹林中了。

窗邊的三個人再度相視對望，臉上露出了神秘的笑容。似乎三個人都知道秋子會有什麼樣的遭遇。

庭院的圍牆外停著一輛車子。兩名男子打開車門，將秋子送上車。

就在這時候，又看見秋子由車內跳下車來。難道是先前被嚇昏的秋子突然又醒了過來而跳下車嗎？

不，不是如此！秋子正閉著眼睛躺在車子的後座裡。

由車上跳下來的，是另外一位和秋子長得一模一樣的女子，也就是藉由尼可拉博士的魔法，所製造出來的另外一位冒牌貨。

兩名男子上車後，將車子靜靜的駛離現場。

和秋子長得一模一樣、穿著相同衣服的女子走進後門，把門關上，慢慢的朝屋裡走了過來。

果然長得十分相像！大家都以為之前被兩名男子帶走的秋子又回來了。

秋子來到窗子下方，抬頭看著站在那裡的三個人，臉上帶著微笑。

「秋子，我有話要跟妳說，妳上來吧！」

玉村先生叫喚著她。這麼一來，玉村一家人全都成了冒牌貨。

這四個人似乎都非常了解對方，儼然是一家人似的站在那兒聊天。

全日本的寶石

不久之後，玉村先生、秋子夫人、光子和銀一四個人聚集在玉村先生的書房裡。

房間的一面牆上鑲著一座大金庫，冒牌的玉村先生也知道密碼。他轉動密碼，打開金庫。

金庫內有好幾個抽屜，裡面塞滿了寶石。

銀座的店裡放的全是不起眼的寶石，真正重要的寶石都在金庫裡。

店裡的寶石只要價值超過一百萬圓以上（相當於現在的一千萬圓），則玉村先生每天都會放進公事包裡，帶回家鎖在金庫裡。

「這抽屜裡放著幾百顆寶石，價值超過了十億圓（相當於現在的一百億圓）。只要把它們帶走，就會成為我的私人財產，你們知道吧。

我們也是為了這些寶石才必須做這些事情。除了這些寶石，我們還可以利用寶石王玉村銀之助的信用，將全日本珍貴的寶石都收集過來。這就是尼可拉博士的計畫。」

「要如何進行呢？」

冒牌的玉村夫人問。

「方法是這樣的。首先，由我來擔任主辦者，邀請全國的寶石商及持有著名寶石的有錢人共同舉辦寶石展覽會。如此一來，全日本的寶石都會聚集在一起。

在展覽期間，積極的仿造所有參展寶石的贗品。尼可拉博士連人都有辦法仿造，要仿造寶石根本就是易如反掌。接著，還要將仿造的寶石

與真品對調。因為我是展覽會的主辦者，所以，不可能無緣無故的換掉寶石啊！」

「嗯，構想不錯！等到寶石對調之後，我們就可以從這個世界上消失了。」

「對啊！這就是我們這些冒牌貨的任務呀！」

冒牌的玉村先生關上金庫的門，按下了呼叫鈴，把佣人叫來，吩咐他準備晚餐。玉村家裡有負責煮飯的廚娘，每天都會煮出豐盛的大餐。

不久，這四個人就坐在餐桌前用餐，美味的西式佳餚陸續端上桌。

玉村家的書生及佣人、廚娘，都沒有發現這四個人全是冒牌貨，而都以為他們是真正的主人，因此，當然會按照他們的吩咐去做。

「這樣就能夠完全安心了！今天的晚餐吃起來分外美味。」

秋子夫人一面以叉子將肉送入口中，一面這麼說著。

「說的也是，我覺得今天晚上的葡萄酒格外香醇，真希望趕緊舉行寶石展覽會。」

「我們也希望趕緊看到這場寶石展覽會，對吧？姊姊。」

「嗯！全日本的寶石都聚集在一起，相信一定非常美麗。」

這時候，佣人走了進來，通知明智偵探社的助手小林少年來了。

「啊！來的正是時候。請他進來吧！」

小林少年滿面笑容的坐到桌前，坐定之後，新的菜餚又端了上來。

小林也和他們一起用餐。

「玉村先生，銀一的朋友松井曾說了一些奇怪的話，為此我也懷疑過光子和銀一。不過大家都認為松井根本是在胡說八道，這世上根本不可能會有長得一模一樣的兩個人。」

「說的對！小林，怎麼可能會有這麼愚蠢的事情呢？謝謝你。現在我已經完全放心了。」

玉村先生說著，然後又把話題轉到先前展覽會的事情上。

「真是太棒了！全日本著名的寶石都聚集在展覽會中，這是以往沒有發生過的事，我也很想看看，相信一定非常華麗吧！」

當然，這個小林也是個冒牌貨。五個冒牌貨聚在一起，儼然都是本尊般的在交談著。

飛天超人

換個話題，這也是發生在最近某個晚上的事情。

少年偵探團主要的十名成員，聚集在芝公園的森林中。這十名少年當中，包括了小林團長及中學二年級的學生白井保。白井是銀座白井美術館家的孩子，讀者是否覺得似乎曾在本書中看見過白井這個名字呢？

少年們圍著小林團長，天空出現接近滿月般的月亮。少年們的臉在月光下看起來有些蒼白。

「今天晚上約大家來這裡，是要大家看看發生在這個森林中不可思議的事情。大家應該都在電影或電視上看過美國超人在空中飛翔的情景吧！現在日本也出現長得非常相像的超人了。

白井保曾經看見超人在空中飛翔，而且他還和那個人說過話。那個人就是超人尼可拉博士。」

「啊！超人尼可拉……」

「尼可拉博士……」

少年們七嘴八舌的說著。超人尼可拉博士的大名，少年偵探團的團員們早已耳聞。

「尼可拉博士和白井約定今晚八點要來芝公園的森林中碰面，他要白井邀請少年偵探團的團員們一起來。

我也曾經見過尼可拉博士。當時他是個留著白色長鬍鬚的老人，但

是，我並不知道博士真正的模樣，因為他能夠自由自在的變換外型。有時候甚至會變成一張像人偶般的臉。不知道白井看見他的時候是什麼樣的臉？」

「他滿臉通紅，頭髮和眉毛都是白色的，留著長長的白鬍子。和古畫中的天狗長得一模一樣。」

「哦！因為日本的天狗也能在天空中飛翔，所以，博士要變成天狗的樣子飛給我們看呢。」

少年們並不知道博士會做什麼壞事，所以，並沒有想到要預先通知警察來抓博士，反而是非常期待看見超人在空中飛翔的姿態。

「現在是七點五十分，我們就進入森林中等待吧。因為月光很亮，所以，我們可以看清楚飛天博士。」

十名少年陸續的進入森林中。在高聳的樹木林立處，有一處圓形的空地。

「我們就約在這裡。」

白井說著，叫住大家。

十名少年圍坐在空地的一角，彼此竊竊私語著。

「還差五分鐘就八點了。」

小林團長藉著月光看著手錶說道。

剩下四分鐘、……三分鐘、……二分鐘、……一分鐘。終於到了八點！

「啊！飛過來了！你看……」

一名少年用手指著天空大叫著。

啊！大家趕快看向對面的天空，成一直線飛翔而來。身上披著黑色斗篷，像蝙蝠翅膀般隨風擺盪；白色的鬍鬚隨風飄揚，雙手筆直的伸向前方，好像在水中游泳般的朝這個方向飛來。

「啊！紅色的臉和大鼻子。和天狗長得一模一樣！」

看得非常清楚。

飛天超人飛到一棵高高的杉木頂端，跨坐樹枝上。

「你是尼可拉博士嗎？」

白井大聲問他。

「你們是少年偵探團吧？」

「是啊！你要下來嗎？」

這時輪到小林團長大叫。

「你是小林吧？」

「是的。」

「好！那我到你那兒去。」

尼可拉博士像猴子一樣，沿著樹幹向下滑，來到少年們的身邊。

他的臉真的紅得像天狗一般。頭上的白髮像鐵絲般，非常的蓬亂。

肩上披著的黑色斗篷，隨風飄盪，裡面穿著黑色緊身衣褲。

少年們看見他奇怪的姿態，不禁嚇得倒退了幾步。

「我非常喜歡像你們這樣的少年，我不會傷害你們的。你們不必害怕，跟我來吧。我讓你們看一些有趣的東西。」

雖然他的表情很可怕，但是，說話卻很誠懇。於是少年們慢慢的接近尼可拉博士。

博士說：

「跟我來吧！」

說完，朝著森林深處走去。

十名少年跟著他。這裡長滿了樹，月光照不進來，四周一片漆黑。尼可拉博士走路的樣子，好像還在空中飄盪一般。黑暗中，他的身影顯得特別鮮明。

「啊！」

突然響起了叫聲。那不是一、二聲，而是十名少年一起大叫的恐怖聲音。

少年們腳下的地面突然消失了，十個人的身體瞬間往下墜落。咚、咚！紛紛響起他們跌坐在地的聲音。由於地面上都是落葉，所以跌坐在地並不會感覺很痛。

但是，這是非常深的洞穴底部，他們沒有辦法爬上去。

「哇哈哈哈哈……活該！少年偵探團！現在你們還想探查我的真實身分嗎？我早就知道這一點，所以，給你們一點顏色瞧瞧！哇哈哈哈哈……你們這些傢伙就永遠待在這個洞裡好了！」

尼可拉博士的笑聲由上方傳了過來，而且愈來愈遠，好像又爬到之前的杉木上面去了。

不久之後，杉木頂端那宛如大蝙蝠的東西，朝著月夜的天空飛翔而去。當然，那是超人尼可拉博士的飛行姿態。

十名少年跌落在尼可拉博士早已安排好的洞穴陷阱裡。洞穴上擺滿

了樹枝，又鋪著樹葉，隱密得讓人無法發現這是個洞穴。

一名少年們踩在同伴的背上，以疊羅漢的方式爬出洞穴外。接著，由爬出洞外的少年伸出手來，將同伴一一拉了出去。終於大家都離開了洞穴。

將少年們帶到這裡的，是小林少年和白井保。看到這裡，相信大家都已經知道這兩個人是冒牌貨。而這些冒牌貨既然是博士的手下，當然會想辦法讓少年們吃點苦頭。

一根鐵絲

話說真正的小林，被尼可拉博士的手下帶到地下室，關到牢籠裡。同一個地下室裡，還關著玉村銀一、白井美術館館長的兒子白井保等人。關著小林的牢房和銀一等人的牢房距離有些遠，所以，小林還不知道這一切。

兩名男子將小林帶到牢籠裡，把牢籠上鎖就離開了。接著，一個留著白鬍子的老人出現在牢籠前，原先假扮成老虎的尼可拉博士，現在又搖身一變，成為老人。

「小林，連你這位少年名偵探也無計可施了吧？你終究還不是被抓了嗎？你就在這兒待一陣子吧。我不會虐待你的，你可以安心。」

「為什麼要把我關起來呢？」

小林把整張臉貼在牢籠上，問著博士。

「因為你會破壞我的好事。每當我要展現行動時，你就會阻撓我。連你的上司明智小五郎也一樣。我打算等明智從北海道回來之後，也要把他抓來關在這裡。」

「啊！連明智老師也……」

小林不禁大叫著。

「是啊！雖然我到日本還不算太久，但是，我早就聽說不少關於明智小五郎的事。如果我想在日本做壞事，那麼，得先幹掉明智才行，否則反而會被那個傢伙給先幹掉呢！哇嘿嘿嘿嘿嘿……」

「你不可能抓到明智老師的。」

小林面紅耳赤的大叫著。

「哈哈哈哈哈……對你而言，明智小五郎就像神一樣，是個全能的人。但是，尼可拉博士絕對擁有比他更偉大的力量，我是個超人！哇哈哈哈哈……超人和全能的人之戰！痛快、痛快！光是想到這裡，就讓人心驚肉跳呢。」

「哈哈哈哈哈……」

小林也莫名其妙的笑了起來。

「你根本不了解明智老師。像你這樣的壞蛋，根本敵不過他。到時候他一定會讓你嚇一大跳的。」

「哇呼呼呼……小林，隨便你怎麼說吧。到時候就知道誰會嚇一大跳了。小林，你知道，當你被關在這裡的時候，還有另外一個你在做什麼事嗎？」

「咦！另外一個我？」

「是啊！無論是臉型、身材，都和你長得一模一樣的另外一個人。他將會取代你做很重要的事情哦！」

聽到他這麼說，小林心想「大事不妙！」小林在玉村銀一被冒牌貨掉包的時候發現這個問題，而自己目前也面臨同樣的遭遇。尼可拉博士會利用魔法，製造出和本尊一模一樣的冒牌貨。

這一次，他也對小林施展魔法。和小林長得一模一樣的冒牌貨現在可能正出現在某處呢。

「哇哈哈哈哈……你好像連臉色都變了哦！感到很驚訝嗎？是不是害怕尼可拉博士的魔法呢？另一個你現在正出現在某處，奉我的命令

在做壞事呢。

哼！你知道嗎？只要你登高一呼，那麼少年偵探隊的團員就全都會聚集過來，照著你的吩咐去做。

你不知道我吩咐冒牌小林去做什麼，當然，你也不知道少年偵探隊的團員會遇到什麼樣悲慘的遭遇。不，冒牌小林有可能會做出更可怕的壞事哦！

即使是全能的明智先生，也會相信他是真正的小林少年，到時候會發生什麼樣的事情呢？……喂！小林，我使用冒牌小林這個武器，這麼一來，全能的人也沒有辦法成為全能的人了！哈哈哈哈……」

尼可拉博士笑著，離開了鐵製牢籠前。

小林萬分的著急。

他很擔心長得和自己一模一樣的冒牌貨，會做出什麼傷天害理的壞事。因為不知道會做出什麼樣的壞事，所以反而更擔心。

等明智老師從北海道回來時，冒牌貨小林見到明智老師而和他說話時，不知明智老師將會遭遇到什麼樣的危險？

他愈想愈覺得忐忑不安。

一定要趕緊想辦法逃離此處，去揭開冒牌貨的真面目，阻止他做壞事才行！

該如何逃脫呢？小林表情嚴肅的思考了一會兒，好像想到了什麼似的，臉上終於露出了微笑。

「啊！對了！這時候可以利用那個東西。」

他自言自語的，由口袋裡掏出捲成如筒狀物般的皮套（好像放鋼筆或鉛筆的皮革製品）。一面留意牢籠外是否有人，一面打開皮套。

那就像是電工掛在腰間的皮套的縮小品。小林從裡面取出小刀、扳手及小鉗子（用來夾鐵絲、熱鐵等鋼鐵打造的工具）。此外，裡面還放了幾根粗細約十公分的鐵絲。除了少年偵探團的七大道具之外，小林團

長隨時都會帶著這個皮套。

小林檢視著鐵牢籠外側的鎖，選出粗細適合的鐵絲，把小鉗子拿在手上，開始彎曲鐵絲，然後把鐵絲放入鑰匙孔中移動了一會兒，又把鐵絲抽出，用小鉗子將前端彎了一下，再插入孔中移動片刻，然後又取出來彎一下。反覆幾次之後，鐵絲就彎成像鑰匙般複雜的形狀了。

小林就這樣的完成了臨時鑰匙。這原本是闖空門的小偷想出來的辦法，明智偵探知道這個做法後，將這個方式傳授給助手小林少年。

要打造這種鐵絲鑰匙，需要各種秘訣，非常的困難。但是，小林經過多次練習，已經非常熟練了。

金色老虎離開玉村家的圍牆外是晚上八點鐘，現在已經是半夜時分了。尼可拉博士和他的手下們應該都已經睡著了。豎耳傾聽，四周一片寂靜，沒有任何聲響。小林心想，應該要趁現在逃走。

他拿出鐵絲做成的鑰匙，插入鎖孔中，輕輕轉動了一會兒，聽見喀嚓的一聲，鎖被打開了。

他悄悄的推開牢籠的門，走到外面去，然後又把門關上，再度用鐵絲把鎖鎖上。

即使事後發現小林人不在裡面，但是，因為鎖是完好如初的，所以也無法得知小林是如何逃走的，到時候對方一定會很驚訝，輪到小林來當魔法師了。

走廊四周安裝了一些小燈泡，燈光微弱，不知道應該朝哪邊走才能逃離此地。

小林決定先往右邊走，他扶著牆壁，輕輕的走著。

如果這時小林不是往右而是往左的話，就會發現有幾個和關著自己的牢籠一樣的牢籠裡關著玉村銀一等人。

雖然他是朝相反的方向走，不料卻遇到了更可怕的事情。

三層密室

這是秘密的地下室。放眼望去，牆壁都是粗糙、灰黑的水泥牆。

小林躡手躡腳的扶著牆壁向前行進。黑暗中，每一面牆上的門都緊閉著。他把耳朵貼在門上，試圖探聽裡面的動靜，但是，卻聽不出裡面到底有沒有人。

經過三道門，裡面都沒有任何動靜。到了第四道門時，裡面似乎傳出有人說話的聲音。

小林從鑰匙孔朝裡面偷窺，看見裡面的燈泡亮著。他看見一個人背著門坐在椅子上。不只是一個人，另外還有兩、三人坐在桌子前面，正在商量：

「雖然我們已經成為先生您的弟子，但是，對於您的法力仍然十分佩服。無論是多少個相同的人，您都有辦法製造出來，這是人類的智慧無法辦到的事，幾乎是神或惡魔才有的本事。在那三層密室裡，到底藏有什麼機關呢？」

其中一名男手下這麼問。「三層密室」，到底是指什麼呢？

各位讀者應該知道，這個地下牢籠是雙層密室，當玉村銀一被尼可拉博士帶到這裡來的時候，首先是進入地下室的貯藏室，在按下牆壁的按鈕後，進入了第二層密室，大家所知的僅僅如此而已。但是，「三層密室」到底在哪裡？大家還不知道。

可能是在比「雙層密室」更隱密之處吧。

看來「三層密室」連男手下都沒有進去過，因此，他們才想要知道裡面到底有什麼秘密。

「這個嘛……現在還不能說，等時機成熟時，我自然會告訴你們。那裡藏有我的魔法種子。

總之，和真人長得一模一樣的冒牌貨，都是從那裡誕生的。無論多少個冒牌貨，都是在那裡誕生的。」

「那麼，先生將真人與冒牌貨對調的真正目的是什麼呢？」

「這一點你們不是已經知道了嗎？首先，我們要舉辦寶石展覽會，由假的玉村銀之助舉辦展覽會，藉由玉村的信用，聚集日本全國的寶石商人，利用一個晚上的時間，將真假寶石掉包，真的寶石將全部被我所接收。」

這是尼可拉博士的回答。關於寶石展覽會的計謀，相信讀者們都已全盤了解。

「寶石到手後，下一個目標是不是美術品呢？」

另一名手下這麼問。

「不錯！但是，美術品和寶石不一樣，美術品不能全數集中在一個地方。首先要從美術商所持有的部分開始，然後，再將觸角伸向各地的美術館以及廟裡的寶物。

我要利用我所製造出來的冒牌貨，與美術商的負責人對調，還要把博物館的館長、館員也一併掉包；若將廟裡的和尚也掉包的話，當然就可以順利的偷走美術品囉！哇呵呵呵呵……」

尼可拉博士不懷好意的笑著。

「這樣就結束了嗎？以先生您的魔力，應該沒有什麼是不能辦到的吧？」

「怎麼說呢？」

尼可拉博士，好像想要考考弟子們的智慧似的反問。

「即使是想要毀滅一個國家，不是也很容易嗎？同樣的手法也可以毀滅一個國家。」

「呃……你所想到的是一件大事。那麼，要怎樣才能毀滅一個國家呢？」

尼可拉博士，自己雖然十分了解，但似乎也想聽聽對方的看法。

「例如，利用冒牌貨把那個國家的總理大臣或政黨領袖掉包，這麼一來，那個國家就可以由冒牌貨隨心所欲的統治囉！

毀滅一個國家也是利用相同的原理。冒牌總理大臣、政黨領袖或軍隊指揮官，把國家弄得亂七八糟，如此一來，國家就會被毀滅了。」

「說的沒錯，大家都會這麼想。藉著我的魔法，大家都認為沒有什麼是辦不到的。我可以顛覆全世界。此外，我也可以像拿破崙一樣的征服全世界。

說的再恐怖一點，我也可以利用冒牌貨去偷取原子彈、氫彈，也可以利用冒牌貨讓原子彈、氫彈爆炸。

我既然能讓冒牌貨擁有自由生存的力量，那麼，在我的字典裡就永遠沒有『不可能』這三個字。

現在我為了得到全日本的寶石和美術品，正打算使用這項魔力。接下來，我可能會偷走日本這個國家，不！應該說可能會偷走這個世界、顛覆這個世界。換言之，整個地球都將為我所有。」

尼可拉博士對自己的魔力，似乎感到非常驕傲。

小林竊聽到這一段談話，心中不寒而慄。

無論任何人，只要擁有能夠任意製造冒牌貨的力量，那麼，要偷走全世界，也並非不可能的事。啊！怎麼會有這麼可怕的事呢？

而隱藏這個魔法種子的「三層密室」，到底是在什麼地方呢？

小林真的想進去這間「三層密室」一探究竟。

如果運氣好的話，也許跟蹤尼可拉博士，就可以發現到這間密室。於是，小林打算在不被發現的情況下，跟蹤尼可拉博士。

然而，這件事情必須慢慢的進行才行，如果被對方發現自己已從牢籠裡逃出的話，對方必定會戒備森嚴。嗯！我必須暫時先回到牢籠裡。

於是，小林又用鐵絲鑰匙把鎖打開，回到原先的牢籠裡。

在地下室裡並無晝夜之分，從尼可拉博士的手下送飯來的情形，大致可以判定現在是什麼時間。吃完三餐後，就是夜晚，等到監視的人都離開之後，小林才悄悄的溜出牢籠，監視尼可拉博士。

小林急於找出尼可拉博士的寢室，因為他認為寢室的某處，應該隱藏著通往「三層密室」的通道。

他終於發現了博士的寢室。在同一層地下室角落的一個小房間，裡面有床、桌子、衣櫥。尼可拉博士獨自睡在這個小房間裡。

但是，在這個寢室裡，卻發生了不可思議的事情。

就在小林被抓來這裡的第三天晚上，由於他已經知道尼可拉博士的寢室在哪裡，所以，就躲在走廊轉角監視。這天晚上，他看見尼可拉博士走進寢室裡。

如果有人跟在博士身後而發現小林，那可就糟了。因此，他等了一會兒，確定沒有人跟來，才走到寢室門口，從鑰匙孔偷窺裡面的動靜。

但是，裡面卻空無一人。

可以清楚的看見裡面有桌子、椅子和床，但是，沒有人待在裡面。雖然從鑰匙孔不能看見房間的全貌，但是，卻可以肯定裡面真的是空無一人。

小林決定悄悄的推開門進去瞧個仔細，然而裡面空無一人。包括桌子下、椅子下、床下及衣櫥後面，確實是空無一人。

太不可思議了！尼可拉博士關上門進入寢室後，小林就一直盯著寢室的門。如果博士又從寢室裡走出來，他一定會發現的。

小林檢查牆壁或地面，想找出是否另有秘密通道。但是，這時卻聽見斗斗斗……震天響的聲音，整間寢室微微的抖動了起來。

他以為是地震，但並不是地震。

他突然間發現了怪事。

原先緊閉的入口處的門，突然慢慢的往下降。也就是房間的地板不

斷的往上升。

往下降的門已經完全看不見了，接著，看見上面出現另外一道門。不單單是門，而且還有牆壁呢！

啊！知道了。原來尼可拉博士的整個房間做成升降梯的構造。為什麼會出現另外一道門呢？因為整個房間往上升，升到一樓的位置而停了下來。

箱子裡

其實，寢室是兩間一模一樣、上下相連的房間。

尼可拉博士進入下面那個房間，藉著升降梯的構造往下降，當小林溜進去時，那個房間已經和上面的房間對調了。

所以，沒有看見博士也不足為奇。當時博士進入的寢室已經下降到比地下室更低一層的地下室，也就是地下二樓。而小林溜進去的房間，事實上是與博士所進入的房間一模一樣的上面一層的房間。

尼可拉博士，一定是利用升降梯，將整個寢室下降到地下二樓，但是，那裡究竟有些什麼東西呢？

既然製造出這麼大的一個秘密出入口，而不讓任何人出入，那麼，在地下二樓，必定還隱藏著更大的秘密吧！

想到這裡，小林覺得全身寒毛直豎，有一種難以言喻的恐懼感。

既然小林進去的房間是由地下一樓往上升上來的，那麼，現在小林應該是在一樓。

小林發現房間可以藉由升降梯上下，但即使往下降，也只能降到地下一樓。一直待在這個房間裡，根本就沒有辦法發現地下二樓的秘密。

因此，現在必須打開這個房間的門到一樓，然後到平常地下室那邊牆壁的按鈕，再從秘密出入口到達地下一樓，溜進尼可拉博士的寢室，

除此之外別無他法。也就是，溜進在這個房間的正下方、與這個房間一模一樣的房間裡。

然而若是在中途被尼可拉博士的手下發現，那可就糟了，因此，小林必須格外的謹慎。他沿著走廊慢慢的前進，發現了地下室的入口，於是走了進去。接著，走進有機關的走廊盡頭的房間，按下牆壁的按鈕，到達地下一樓，再度溜進尼可拉博士的寢室。

完全相同的房間，上下兩層相連。小林離開上面一層房間，繞個大圈，到了下面的房間裡。

從鑰匙孔裡偷窺房間，裡面空無一人。尼可拉博士會不會到地下二樓辦完事之後又回地下一樓，離開房間出去了呢？門已經上鎖了。

小林又必須利用鐵絲來開鎖了。

他花了五分鐘，終於把門打開了。走進房間裡，把門關上，仔細的搜查床下、衣櫥後面，但是，裡面都沒有人。

小林覺得必須將這個房間下降到地下二樓，找尋秘密才行。但是，不知該如何使房間下降，必須先花費一番心思，找尋開關或隱藏的機關按鈕。

不過，少年偵探小林早已習慣這樣的蒐尋工作。根據以往所累積的經驗，他大致知道隱密的按鈕應該會在什麼地方。

但是，仍然花了八分鐘才找到隱藏的機關按鈕。雖然已用鐵絲將入口上鎖，仍然擔心有人會闖進來。還好他很快的就發現了隱藏按鈕。他察覺到床下地毯的一處有個突起物，用腳踩踩看，原來是隱藏的按鈕。於是整個房間又開始震動了起來，也就是又開始下降了。

等到升降梯停了下來，小林用鐵絲鑰匙把門打開，悄悄的踏入地下二樓的走廊。

雖然走廊有燈光，但是，仍然十分黑暗，看不清四周的狀況。

涼風襲來，就像幽靈的手拂過臉龐一般。小林感覺自己全身發抖的

佇立在黑暗中。

那真的是一種從來沒有過的難以言喻、不可思議的感覺。好像自己已經離開人間、到達死亡之國似的令人感到害怕。

這裡到底隱藏了什麼樣的秘密呢?光是想到這一點，就覺得心跳加快。

眼睛熟悉了黑暗之後，終於能夠看清周遭的環境。

除了牆壁、水泥地之外，沒有任何裝飾的灰色走廊綿延不斷。小林戰戰兢兢的沿著走廊前進，終於看見兩側陳列著長而直的衣帽間。

雖說很像衣帽間，但是，比起普通的衣帽間來說更寬，足夠容納一個人，而且外型相當奇怪，就像是一個個豎立起來的鐵桶，整齊的陳列在一起。

這些奇怪的衣帽間，兩側一共陳列了三十個左右，而且在門上都有一個小的名牌，上面用瓷漆寫著羅馬字和數字，例如：T1、T2、S

1、S2、A1、A2等。

小林想動手打開眼前T1的門瞧瞧，但是上了鎖，因此打不開。既然上了鎖，也就可以證明裡面應該存放著重要的東西。

到底是什麼東西呢？在這種地方不可能有普通的衣帽間，裡面也不可能放著大衣。

到底裡面有什麼東西呢？

小林突然覺得身體發冷。只要利用鐵絲，就可以把門打開，但是，打開門以後，又會撞見什麼可怕的事情呢？

他終於下定決心，要利用鐵絲打開門上貼著T1的名牌。打開外型像衣帽間般的箱子的蓋子之後——

「啊！」

他大叫一聲，臉色蒼白，啪的一聲，立刻又蓋上蓋子。

到底裡面是什麼東西，竟然讓小林這麼害怕。

原來裡面是一個人，而且是小林認識的人。

是玉村銀一。和少年偵探團的團員玉村銀一長得一模一樣的少年站在裡面。

為什麼銀一會被關在箱子裡面呢?照這樣的方式站在裡面，腳應該會非常疲累。而且箱子的蓋子緊閉，根本沒有辦法呼吸。小林感覺非常害怕。

然而奇怪的是，銀一在和小林對望時卻什麼也沒說，只是呆立在那兒。他應該會大叫「小林團長」而跳出箱子外才對，但是，銀一卻站在那兒一動也不動，難道是昏倒了嗎?

大秘密

小林鼓起勇氣，再一次打開箱蓋。

裡面正是玉村銀一。他穿著平常的衣服，正面看著自己，但是，眼睛卻一眨也不眨的站在原地。

「玉村，你是玉村銀一嗎？」

即使問他，他也不回答。根本不看小林一眼。

小林抓著銀一的手臂搖晃著，但銀一身體搖晃的方式很奇怪。

那不是人，而是人偶。是用塑料打造出來的人偶，做得非常像。和銀一長得一模一樣。

接著，小林發現在人偶的腳下有一個抽屜。

打開抽屜一看，裡面擺著許多照片。

全都是玉村銀一的照片。包括只拍半身及全身的，以及由正面、背面、側面等各種不同的角度所拍下的照片。

啊！我明白了。原來是利用這些照片來製造人偶。有這麼多照片做資料，所以，才能製造出和銀一長得一模一樣的人偶來。

但為什麼要製造出這些人偶呢？關於這一點，那就不得而知了。

小林突然有個奇怪的想法，那就是超人尼可拉博士製造出冒牌貨之後，會不會把真人變成人偶呢？以尼可拉博士驚人的魔法，要做到這一點，也不是不可能的。

也許這些看起來像衣帽間的箱子裡還有許多其他的人偶。小林雖然覺得有些害怕，但仍然鼓起勇氣，利用鐵絲鑰匙打開編號Ｔ２的第二個箱子的蓋子。

箱子裡面站著一位美麗的少女。雖然從未曾見過，但猜測她應該就是銀一的姊姊光子。因為他早已聽玉村銀之助說過，光子已經被冒牌貨掉包了。

接著，又打開Ｔ３的蓋子。

「咦！連銀一的爸爸也……」

站在眼前的，竟然是寶石王玉村銀之助。

黃金怪獸

「這麼看來，現在銀座店裡的主人應該是冒牌貨囉！」

小林思索著，他無法想像那個人竟然也是個冒牌貨。

的確如此。當時的玉村先生還是本尊。相信讀者們都還記得玉村先生被冒牌的小林少年，關在裝大時鐘的箱子裡的情節。

小林在看這個像衣帽間的箱子時，本尊還沒有被冒牌貨掉包，而人偶看起來和本尊非常像。

這時，小林決定把所有的箱子全都打開來。

接著打開的是Ｔ４的箱子。裡面站著的是一位年約三十五、六歲的女子。雖然小林從未見過她，但猜測她可能就是銀一的母親。

「哎呀！哎呀！難道連銀一的媽媽也被用冒牌貨來掉包嗎？」

小林不覺自言自語。這裡聚集了玉村全家人。尼可拉博士用冒牌貨將玉村全家人都掉包了。他想要奪走整個玉村家嗎？想到怪博士可怕的計畫，小林打從心底升起一股寒意。

接著打開的是S1的箱子，裡面站著的是一位比銀一年長的少年，當然也是一個人偶。小林不認識他，他就是白井美術館館長的兒子白井保。

S2的箱子裡裝著的是白井保哥哥的人偶。再打開S3、S4的箱子，看見了白井保的爸爸，白井一家人全都站在那裡。這些人小林一個也不認識，但事實上白井一家人的人偶全都站在那裡了。

尼可拉博士，一定是想用奪走玉村寶石店相同的手法，來奪走白井美術館。

接著打開的是A1的箱子。當他轉動鐵絲、若無其事的打開箱子的瞬間，瞪大了眼睛。啊！這是怎麼回事？箱子裡裝著的是另外一個小林少年。和自己的臉龐相同，服裝相同，就像自己在照鏡子一樣。兩個小林面對面的站立在那兒。

小林當然驚訝不已。因為和自己長得一模一樣的傢伙正瞪著自己，

而小林也露出可怕的眼神瞪著對方，但是，人偶卻視若無睹。接下來的片刻，兩個小林就這樣的互相瞪著對方。

當小林被關在牢籠裡的時候，尼可拉博士曾經對他說：

「當你被關在這裡的時候，另一個你正出現在某處，並奉我之命在做壞事呢。」

那麼，眼前看見的就是那個冒牌貨嗎？

不，不是的！冒牌貨應該是活生生的人。那麼，到底為什麼要製造出這個人偶呢？

小林想了一會兒，終於明白原因了。

「啊！對了。他一定得先蒐集我的照片。一定是有人趁我不注意的時候，偷拍了我的照片。」

為了謹慎起見，他打開箱子下方的抽屜，裡面果然放了幾十張小林的照片。除了臉部特寫的鏡頭以外，還有全身照、正面照、背面照、側面照等，從各種不同角度拍下照片。

「啊！就是利用照片製造出塑膠人偶。這個人偶就是原型，然後再利用原型，製造出和本人長得一模一樣、活生生的人。

也就是說，有真正的我、人偶、冒牌貨一共三個我存在。」

小林點著頭，暗自推論。

「接下來的A2箱子裡裝的會是什麼人呢？」

一定要打開來看看才行。

小林用鐵絲打開鑰匙，然後再打開箱子。

「啊！老師。」

他發出了驚叫聲，這也是無可厚非的事。因為面帶微笑、站在眼前的，正是名偵探明智小五郎。

當然這也是個人偶。小林打開箱子下方的抽屜，裡面果然也放了幾十張明智老師的各種不同角度的照片。

「這傢伙竟然也想要製造假的明智老師！」

小林覺得非常可怕。明智老師人在北海道，尚未回來，難道他會在歸途中被冒牌貨所取代？一想到這裡，令他感到毛骨悚然。

接著，小林又陸續打開幾個箱子，看到的是五個不認識的人偶。其他箱子全都是空的，應該是打算用來裝其他人偶的。

小林看著箱子，很想知道接下來的秘密。如何利用這些人偶製造出冒牌貨？這個秘密當然就隱藏在第三層的地下室中。

沿著擺滿如衣帽間般的人偶箱的狹窄走廊，向前走到了盡頭，出現一扇緊閉、堅固的門。

小林把耳朵緊貼在門上，豎耳傾聽，並未聽見任何聲音，裡面一片寂靜。

小林從鑰匙孔中偷窺。

啊！怎麼那麼明亮？就好像白晝的原野般。但這裡是地下二樓，陽光根本照不進來，應該是電燈泡。電燈泡照亮了整個房間。

小林再度利用鐵絲鑰匙。雖然費了一點工夫，但是，仍然將門打開了。他進入了寬闊的房間裡。

隨即驚嚇之餘，整個人呆立在那裡。

原來這裡是在圖畫或相片裡都沒辦法看見的神奇機械屋。房間裡擺滿了各式各樣的機械。

一邊有像手術台般的東西，而旁邊的玻璃架子上，則有發亮的手術刀、剪刀及其他一些看起來令人害怕的道具。

另外一邊所擺的，好像是牙科醫師的手術治療台，排列了好幾張椅子。而在另一個的角落裡，有個大的化學實驗台，上面擺滿著各種形狀的玻璃道具，在玻璃火焰上，圓形的玻璃瓶中，如血一般的液體，正煮沸般在冒泡呢。

啊！老師

小林目瞪口呆的站在那裡，這時他發現對面的機械之間，出現一個奇怪的人。

他的頭髮被剃得乾乾淨淨，是個大光頭。臉上佈滿著皺紋，寬廣的額頭下，有一對閃閃發亮的眼睛。

眉毛非常稀疏，若有似無。此外，還有一個又塌又扁的鼻子，鼻子下面是一個大而紅的嘴唇，好像蟲般的在那兒蠕動著。

穿著藍色的棉質工作服，上面套著雪白的手術衣。

身材像孩子般的矮小，可是頭部看起來卻像是個老爺爺。是個很奇怪的人。

這個傢伙笑著朝這兒走了過來，同時咧開鮮紅的嘴笑著說：

「啊！做得真好！你就是我所製造的Ａ１號吧？」

他看著小林的臉說：

「嗯！做得真好。和A1號的照片一模一樣，誰都不可能識破你的真面目。哇呵呵呵……你是我的傑作。」

小林想了一下，終於知道這名男子在說些什麼了。A1號就是裝著和自己一模一樣的人偶的箱子編號。

他先收集小林各種角度的照片，然後再依照片製造出長相完全相同的人偶。利用這個人偶原型，製造出完全相同、活生生的人。

但是，他為什麼能夠辦到這一點呢?這個神奇的男子，難道是個魔法師嗎?

超人尼可拉博士能夠假扮成任何人，也許眼前的這名男子，正是尼可拉博士的另一種分身。

「你是尼可拉博士嗎?」

小林開口詢問。

「我不是尼可拉。」

男子回答。

「那麼，你是誰？」

「我是誰啊？連我自己都忘了我是誰。」

真是奇怪！這名男子居然忘了自己是誰。

「你說我是你製造出來的，為什麼你能夠做出另一個完全相同的人來呢？你是怎麼做到的？難道你是魔法師嗎？」

小林表達出心中的疑惑。男子張大嘴巴，露出沒有牙齒的牙齦，面露不懷好意的笑容。

「哇呼呼呼呼……魔法師嗎？是啊，你也可以說我是魔法師。但我是個醫師，我會使用好像魔法般的醫術，重新製造出人類來。我是世界上獨一無二的魔法醫師。」

小林感覺這太荒謬了，這名男子是不是瘋了？他的想法有些奇怪。

「哇嘿嘿嘿……你的表情好奇怪啊！難道你忘了，你就是經由我的手術所產生的嗎？好吧，我讓你見一個人，你的確是明智小五郎偵探的助手。你到這兒來吧。」

男子抓住小林的手，將他拉了過去。穿過機械之間，來到白色的手術台處。

其中一個手術台上躺著一個人，可以看見他的頭髮蓬鬆而凌亂。

「他才剛從麻醉中清醒過來。你覺得如何呢？」

男子看著躺在那兒的人問他。

這個人突然睜開眼睛，覺得很神奇似的四周張望。

「啊！老師。」

小林少年突然大叫著，跑向手術台。

躺在那兒的，正是名偵探明智小五郎。不！應該說是和明智偵探長得一模一樣的人。

真正的明智偵探還在北海道，所以，不可能躺在這兒。

這就是以編號A2箱子裡的人偶為原型，由魔法醫師所製造出來的一模一樣的人。

躺在這兒的明智偵探，聽見小林叫他「老師」而跑過來時，並沒有驚訝的表情，好像不認識他似的。因為那是冒牌貨，當然不認識小林。

「這是A2號嗎？」

小林笑著問男子。

「是啊！也就是說現在有兩個明智偵探了。」

對方回答。

「再加上人偶，應該就有三個人了。」

「哇呵呵呵……沒錯！沒錯！你愈來愈聰明了。」

男子一面說，一面伸手摸摸小林的頭。

這男子說的話真的很奇怪，也許他真的頭腦有問題。但是，這樣的

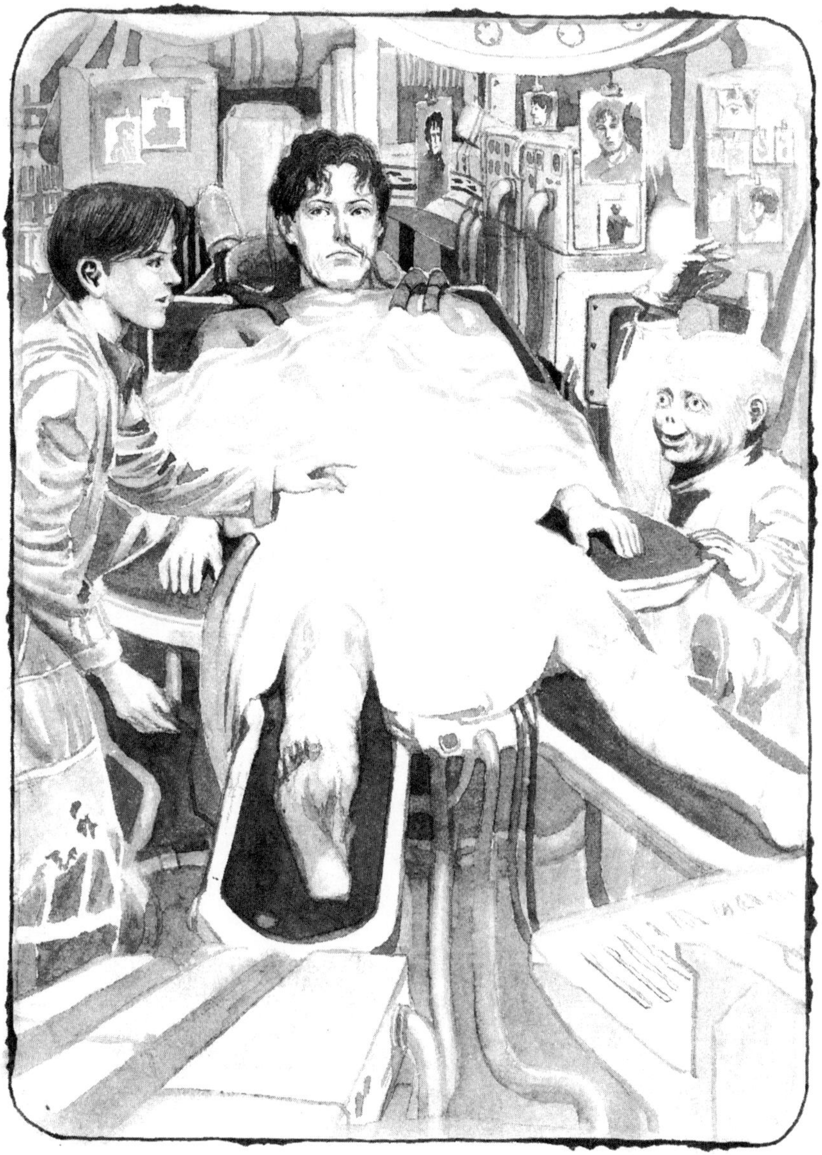

人為什麼能製造出人類來呢？真是令人感到不可思議。

雖然小林還想再發問，但就在這個時候，房間門口響起了腳步聲，似乎是有人朝這兒走了過來。

小林嚇了一跳，躲在機械後面，眼睛瞧著門口。他看見留著白鬍子的尼可拉博士正朝這兒走了過來。

萬一被他發現，可就糟了！於是小林從機械之間往裡面逃。

接著，到底會發生什麼事情呢？

小林並沒有被尼可拉博士發現。他已經從長時間待在這個機械間的魔法醫師的口中得知秘密了。

接下來的三天內，小林又不斷的仔細搜查尼可拉博士洋房裡的各個角落。

地下一樓的牢籠裡，關著的是寶石王玉村一家人、白井美術館一家人。在他的詢問下，知道了所有事情的始末。

小林不愧是明智偵探的弟子，他想到了一個妙計，決定姑且一試。

到底是什麼樣的妙計呢？

不，在此之前，我們應當先了解魔法醫師究竟是用什麼方法，製造出一模一樣的人呢？

三支手槍

換個話題，談談真正的明智小五郎偵探。當小林被尼可拉博士抓走一週之後，明智偵探順利的解決了北海道的事情，在這一天下午，到達羽田機場。

因為事先拍了電報，所以小林開車來接他。小林和一位年約三十歲的陌生男子來到偵探的身邊。

「老師，您回來啦！事情似乎進行得很順利？恭喜您！」

小林與明智先生打招呼時，明智笑嘻嘻說道：

「嗯！謝謝你。這位是……」

他看著陌生男子問道。

「這位是委託我們辦事的那位先生的保鏢，詳情稍後再告訴您。老師，這裡發生了奇怪的事情，我一直在等您回來呢。」

「是嗎？是不是有趣的事件？」

「嗯！是以往從未遇過的神奇事件，等回到事務所之後，我再向您報告。」

於是三個人坐上了等在那兒的汽車。小林坐在右邊，陌生男子坐在左邊，名偵探夾在他們兩個人的中間。

駕駛也是一位陌生男子。明智感到很奇怪，不過，車子是事務所的專用車「明智一號」，而且又是小林跟著前來的，因此，他也沒有特別起疑。

車子在京濱國道奔馳了三十分鐘之後，轉到一條寂靜的小巷子裡。

「是不是走錯路了？」

明智偵探在發出疑問時，不禁挺起腰來。突然，他感覺到有危險。

但是，小林也在這裡，為什麼會發生這種不可思議的事呢？他感到很疑惑。

當明智挺起腰的時候，坐在右邊的小林和左邊的陌生男子，卻緊緊的夾住他，令他無法動彈。

「你們想做什麼？小林，怎麼連你也……」

明智大叫，眼睛瞪著小林少年的臉，但令他驚訝的是，小林卻大膽的笑著說：

「哇呵呵呵……怎麼樣，很像吧？我並不是小林，是和小林長得一模一樣的另一個人。我告訴你實話吧。我們全都是超人尼可拉博士的手下，儘管明智先生再厲害也沒有用的，因為我們有這個。」

說完，和小林長得一模一樣的少年及陌生男子，分別從左右用手槍抵住明智，而駕駛也停下車來，右手拿著手槍回過頭來指向明智。

明智偵探就在這種情況下被蒙住眼睛，嘴巴被塞住，雙手也被反綁而無法動彈。

車子又向前開了四、五十分鐘，到達尼可拉博士的洋房。

明智偵探在三個人的挾持下，從地下室被帶往第二密室，然後被關進鐵牢籠裡。

替身的替身

明智偵探被關進鐵牢籠裡不久之後，留著白鬍子的尼可拉博士，悠閒的來到地下室，身後則跟著先前那位和小林長得非常像的少年。

兩人非常悠哉的通過關著玉村寶石店一家四口的鐵牢籠前。裡面的四個人很可憐的縮在牢籠的角落，始終沉默不語。

對面關著的，則是白井美術館一家人。

距離十公尺遠的牢籠裡關著小林少年。當尼可拉博士和冒牌小林通過小林本尊的面前時，聽見可怕的聲音從牢籠裡傳了出來。

「尼可拉博士，請您過來一下。我才是冒牌貨！跟在你身邊的，是小林的本尊。小林把我關在這裡，自己逃了出去，假裝成冒牌貨。」

尼可拉博士聽到之後，並沒有露出驚訝的表情，因為他已經從小林那裡得知詳情了。

「哦！是這樣嗎？不愧是智慧過人的小林，想法的確很不錯。你是不是要告訴我，小林本尊打開了鐵牢籠的門，抓住你這個冒牌貨，並且把你掉包，自己離開牢籠而將你關在這裡了呢？但是，我知道這是你的謊言，因為小林本尊根本不可能擁有備用鑰匙的。他根本不可能逃離鐵牢籠，鑰匙是由我這個冒牌小林負責保管的。」

在牢籠外的小林說完，從口袋裡掏出了鑰匙，並故意的讓鑰匙圈發出聲音，讓牢籠裡的小林聽見。

這真是怪事，尼可拉博士或許不知道，但各位讀者應該知道吧。小林自製的鐵絲鑰匙，能夠輕鬆的打開牢籠的鎖，所以，牢籠外的小林所說的沒有備用鑰匙，不可能逃離鐵牢等，是不是在說謊呢？

比起牢籠內的小林而言，在牢籠外的小林是不是更可疑呢？難道在牢籠內的小林是冒牌貨，而在牢籠外的小林才是本尊呢？事情愈來愈可疑了。

但是，若在外面的小林是本尊，又怎麼會讓明智偵探上了汽車，並將他帶到牢籠裡來呢？真正的小林，應該是與明智偵探站在同一陣線的才對呀！

實在不明白究竟是怎麼回事。我們再繼續往下看吧，到時候就可以真相大白了。

尼可拉博士和小林巡視牢房之後，又上了一樓，過了不久，小林獨自一人悄悄的回到地下室。當他通過關著小林的牢房前，又聽見裡面傳來了怒吼聲。

「喂，小林本尊，你的確很會欺騙博士，但是，你的謊言撐不了多久的，到時候會被識破，會有什麼樣的遭遇我可就不知道囉，我一定會設法再和你對調。」

牢籠內的小林，抓著鐵條，不斷的搖晃鐵條，顫抖的大吼著。

而在外面的小林，根本不理會他，迅速的通過牢籠前，溜進了尼可拉博士的寢室。這裡的鑰匙只有尼可拉博士才有，小林仍然必須用鐵絲打開門才行。

小林按下升降梯的隱藏式按鈕，來到地下二樓。從編號A2的箱子裡取出和明智偵探一模一樣的人偶，夾在腋下，來到了地下一樓，然後再趕到關著明智偵探的牢籠前。

從升降梯到關著明智偵探的牢籠，並不需要經過其他的牢籠，因此他無須擔心自己的行動會被發現。

小林來到牢籠前，明智偵探站在牢籠中間，用可怕的眼神瞪著他。

小林把整張臉貼在鐵條上，輕聲的說道：

「老師，我是真正的小林，我也曾被關在牢籠中，但是，我已經逃出來了。我和冒牌貨對調，欺騙了尼可拉博士。現在我佯裝是尼可拉博士的同夥冒牌小林，也就是說我變成了替身的替身。

之前逼不得已用槍抵住老師，實在非常抱歉。但若不這麼做，他們就會識破我真實的身分，這麼一來，我就沒有辦法救老師了。

尼可拉博士相信我是冒牌貨，把牢籠的鑰匙交給我保管，所以，我才能夠打開這個門。」

小林說完，取出了整串鑰匙，打開鐵牢籠的門，走了進去，將帶來的和明智偵探長得一模一樣的人偶放在房間的蓆子上，然後再用另外一張蒂子把人偶蓋住。這樣，從外面看過來，就會以為明智偵探在睡覺，等到發現事實真相時，明智偵探已經逃走了。

「老師，趕快逃吧，如果在中途被發現，那可就糟了，那時你就必須儘快躲在走廊的黑暗處。

不過，我已經仔細調查過逃走的路線，我想應該沒有問題。」

和明智偵探一起離開鐵牢籠時，小林又把鐵牢籠的門關上，並且上了鎖。然後沿著微暗走廊的牆摸索到了秘密地下室，接著再到一般地下室，躡手躡腳的上了一樓。

所幸並沒有被任何人發現，得以順利的逃出洋房，快速離開了住宅區，來到大街，攔了一部計程車，趕往平日常去的位於渋谷車站附近一家不起眼的小旅館。進入旅館的一個小房間內，小林將事情的始末，詳細的告訴明智偵探。

「現在是下午四點半，事實上，今天晚上將有可怕的事要發生，不

過，我想應該還來得及，我們應該要設法阻止。因為魔法醫師將要製造出一個和老師您長得一模一樣的人，並唆使那個冒牌的明智偵探去做一些事情。

他們誤以為我是尼可拉博士的同夥冒牌小林，因而對我洩露了秘密計畫，所以我知道今天晚上要發生的事。」

小林將今天晚上會發生的事，詳細的告訴明智偵探。

藍色火焰

小林順利的營救出被尼可拉博士俘虜的明智偵探，並將尼可拉博士可怕的計畫告訴偵探，這是發生在今天傍晚的事情。

換個場景，來到世田谷區的住宅區，寬廣的大宅邸裡，住著一戶叫做園田大造的富裕人家。這一天，主人打電話到明智偵探社。

「明智先生嗎？我這裡發生了重大事件，我想和你商量一下。能不能請你到我家一趟。」

是園田親自打來的電話，他的聲音還在發抖。

「你所說的重大事件，到底是什麼事呢？」

明智問道。

「不，在電話裡不能說，一定要見到你本人才能告訴你。是一件可怕的事，如果不借重先生的力量，恐怕後果不堪設想。這件事我是經由朋友菅原的寶石事件而得知的，請你一定要救救我。」

對方再三的拜託，明智偵探當然無法坐視不管。於是告訴對方，過一會兒之後會立刻前往，然後就掛上了電話。

一個小時後，在園田大宅邸的西式客廳裡，主人園田先生、明智偵探及他的助手小林少年，一起圍坐在桌前談話。

「對方是尼可拉博士嗎？」

明智先生表情嚴肅的問道。

「是的，我每天清晨五點起床後就在庭院裡散步。今天清晨我走在庭院裡，發現那傢伙就在樹林內。他留著長長的鬍子，看起來是個年約七十歲的老頭子。那傢伙的身體居然發出藍光，就好像在微暗樹叢裡的幽靈散發出藍光一樣。我嚇得想要趕緊逃走，但卻好像被催眠一般，兩腿不聽使喚，根本無法逃走。

那傢伙一直瞪著我，然後用彷彿從地底下傳來的可怕聲音說：

『我要得到你珍貴的鑽石『藍色火焰』，今天晚上我一定會來拿，你還是小心一點吧。不過，因為我是魔法師，所以任憑你再怎麼小心，我也一定能夠順利拿走『藍色火焰』的。』

說完，哇呵呵的笑著，然後抓住扁柏樹幹，像猴子般靈活的往上爬，然後消失在樹葉間。明智先生，會不會發生可怕的事情？」

園田先生說到這兒，暫時打住，用膽怯的眼神看著窗外的天空。

「那傢伙竟然……竟然從扁柏頂端飛上天去。在清晨的天空中，他像美國的超人一樣，雙手伸向前方，肩上的披風隨風擺盪，快速的朝空中飛去。」

園田先生的臉色發青。

「我也曾經聽過尼可拉博士在天空中飛翔的事。關於這一點，我已經明白原因了……。不過，他所說的鑽石，你究竟擺在哪裡呢？」

當明智偵探詢問時，園田先生神秘的笑著。

「誰都不知道我擺在哪裡，只有我自己知道。不過那傢伙看起來像是神通廣大的超人一般，或許他知道鑽石的藏匿地點。

這顆鑽石叫做『藍色火焰』，原本鑲在印度佛像的額頭上，後來被一位英國人得手，然後又輾轉到了我的手中。它像藍色火焰般閃耀著光芒，所以才有這個名稱。那是二十五克拉的大鑽石，可以算是全日本最大、最貴的鑽石。

因此，我把它藏在沒有人知道的場所，連我的家人都沒有看過，我也不曾讓別人看過。

事實上，在兩、三天前，有一個寶石商人說他要舉辦聚集全日本寶石的寶石展覽會，問我是否願意將『藍色火焰』拿出來參展，我並不想讓別人看到這顆鑽石，所以斷然拒絕。」

「是嗎?原來是這麼重要的寶物呀，看來我必須全力以赴才行。你到底把鑽石藏在哪裡，如果我不知道地點，也就無法保護這顆鑽石。」

聽到明智偵探這麼說，園田說道：

「當然，當然，我只能把藏鑽石的地點告訴偵探你一個人。現在我就帶你去那裡，請跟我來。」

園田先生說完站起身來，吩咐用人把明智偵探和小林的鞋子拿到庭院去，自己則先行一步來到走廊。

在走廊上轉了兩個彎，打開庭院的門，三個人就從那兒走到庭院。

這是個有水池、有樹林的大庭院。穿過庭院，來到一處面積廣大、裡面蓋著一間類似寺廟般建築物的地方。

「這是我的持佛堂（供奉佛像或祖先牌位的佛室），裡面安奉著平安朝時代的黃金佛。」

園田先生說著，打開佛堂的大門，請兩人入內。

微暗的佛堂裡，中央有個大台子，裡面有一尊比人高一倍的金色大佛像，台子是由石塊堆砌而成，從側面、後面都可以看見佛像。

「的確是個很好的藏匿地點。這尊佛像是國寶。任何人都不會想要損壞國寶，但是，我卻損壞了國寶。我在佛像的背部挖了十公分見方的小洞，把那兒當成寶石箱。從外觀上根本無法察覺。請跟我來。」

園田先生繞到佛像的背部。明智偵探和小林少年則跟隨在後，在佛像的背部，根本看不出哪裡有秘密的藏匿處。

「只要按下這個按鈕就可以了。」

園田先生，按下在佛像右大腿上像疣般不起眼的地方。聽見喀噹的聲音，佛像背部一個四方形的蓋子應聲而開。此時，出現一個十公分見方的洞。

「寶石就擺在裡面。但是，請稍等一下，不要隨便把手伸進去喔！為了防止小偷，我在裡面安裝了機關。當小偷想要竊取寶石而將手伸入時，洞的四周就會伸出尖銳的鐵爪，抓住小偷的手，讓他動彈不得。所以，必須再按另一個按鈕，以阻止鐵爪伸出來。」

接著，園田先生按下佛像左大腿上像疣般的地方。

「這樣就沒問題了。」

將手伸入洞內，取出鑽石『藍色火焰』讓明智偵探欣賞。

非常珍貴耀眼的寶石，閃耀著七道彩虹般的光輝，其中以藍色最為醒目，看起來真的很像藍色火焰在燃燒一般。

「我見過各種寶石，但是，從未見過像這麼棒的寶石。的確稱得上

是日本第一鑽石。」

連明智偵探也不禁發出讚嘆之聲。

「因此，尼可拉博士才想要得到這個東西啊！偵探，有問題嗎？對方是個可怕的魔法師呢！」

園田先生擔心的問道。

「一切交給我就沒有問題了。我經常遇到這類像魔法師的人，但是從來沒有被對方打敗過。如果對方會使用魔法的話，那麼，我也有比他更高明的魔法。」

明智偵探充滿自信的回答，令園田先生安心不少。園田再度將寶石放回洞中，蓋上蓋子，按下機關按鈕。

「從現在開始，我整夜都會待在這裡監視。但是，我們若一直逗留在這個佛堂裡，對方就會知道寶石的藏匿處，所以，我和小林會躲在佛堂旁邊的庭院中監視，如果尼可拉博士真的來了，我們一定可以抓到他的。這裡就交給我們好了，你暫時先回去吧。」

不等園田先生的回答，小林少年就對明智偵探說了一些話，然後回到大廳打電話。原來是為了聯絡少年偵探團的主要團員們。

不到一個小時，十名團員們陸續聚集在園田先生家的庭院中，躲藏在各處的樹叢裡，等待尼可拉博士的到來。這些少年們因為曾在公園裡慘遭尼可拉博士的修理，所以今天特地前來報仇。

兩個明智小五郎

夕陽西下，夜慢慢的深了。

晚上十點，園田先生接到電話。

「不用我說，你應該知道我是誰吧！我就是尼可拉博士。明智小五郎在幫你看守鑽石嗎？你的確拜託了一位很不錯的人，因為他是堪稱日

本第一的名偵探。

但我是一位魔法師，也許那顆鑽石已經被我偷到手了。怎麼樣，難道你不擔心嗎？哇呵呵呵呵……瞧，你的聲音聽起來有點發抖，看來你很擔心嘛。

鑽石還擺在藏匿的地點嗎？不，已經不在那兒了！那個藏匿地點現在已經沒有鑽石了。如果你認為我是在說謊的話，那麼，現在趕緊過去檢查看看吧！哇呵呵呵呵……。」

他說完之後，就喀嚓的掛上電話。

園田先生抓著聽筒，臉色蒼白的呆立在現場。但是心想，若不立刻到庭院裡的佛堂去一趟，是沒辦法安心的。

於是拿著手電筒，沿著走廊來到庭院，趕往供奉黃金佛的佛堂前。

「明智偵探！明智偵探！」

園田先生放聲大叫。這時，明智偵探和小林少年從佛堂旁邊的樹叢中出現了。這晚是滿月夜，所以四周就像白晝一般的明亮。

「怎麼了？到底發生了什麼事呀？這裡並沒有任何異狀啊！」

聽見明智悠閒的語氣，園田氣沖沖的大叫：

「尼可拉博士打電話來，說鑽石已經被他偷走了。明智先生，請你去查查看鑽石是否還在藏匿的地點吧！」

「怎麼會有這種事情呢？我一直在監視佛堂的入口，佛堂的門始終沒有被打開過，所以，鑽石不可能被偷走的。」

「還是去檢查一下吧！我們一起去。」

園田先生說完，打開佛堂的門，走進佛堂。明智偵探和小林少年無奈的跟在身後一起進去。

園田先生繞到佛像後面，按下隱藏按鈕，打開秘密蓋子，然後再按下另一個按鈕，以避免鐵爪伸出，接著把手伸入洞中。

「啊！不見了。真的不見了！明智偵探，裡面什麼都沒有！」

園田先生大叫著，好像在責怪明智偵探似的。

「奇怪！尼可拉博士應該不知道這個藏匿地點啊！為什麼……」

「我一開始就告訴過你了，對方是個厲害的魔法師，任何事情都難不倒他。阻止他達到目的，不就是你的責任嗎？而且你也拍胸脯對我保證的呀！」

面對園田先生的逼問，明智偵探倒退了好幾步。

就在這時，發生了不可思議的事。在大門敞開的佛堂入口，站著一個奇怪的人。

銀色的月光，從側面照著這個人的臉。

園田先生和明智偵探看見這個人的臉，都不禁「啊」的叫了一聲，呆立在現場。

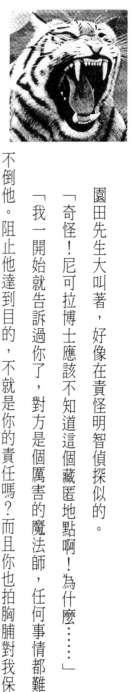

這個手持手電筒並讓光線照向佛堂內的人，慢慢的走進佛堂內。

而這裡站著的三個人，驚訝的向後退。園田先生的手電筒很自然的照向這個人的臉。

對方的手電筒，則照向明智偵探的臉。

在比人大一倍的金色佛像前，他們用彼此的手電筒照著對方的臉，正面相對。

這兩張臉就好像照鏡子一般，一模一樣。

的確如此，現場有兩個明智偵探。到底哪一個是真的，哪一個是假的，根本搞不清楚。

「哇哈哈哈……，冒牌明智，你的戲演得真好。但是，你是尼可拉博士的手下，並不是來保護鑽石的，而是來偷取鑽石的，而且你已經偷走了鑽石！」

後來出現的明智說完之後，格格的笑了起來。

但是，先出現的明智卻並不認輸。

「你在胡說些什麼？你才是冒牌貨！你現在悠哉悠哉的走進來，不

就證明你是冒牌貨嗎？好，如果你懷疑我，可以搜身啊！那麼大的一顆鑽石，若真的是我偷的，立刻就可以查出來！」

聽他這麼說，小林少年走到佛堂入口處，取出預先準備好的哨子，嗶嗶嗶嗶嗶……不停的用力吹著。

這個小林少年，究竟是本尊還是冒牌貨呢？

相信各位讀者都已經知道了吧！

聽見哨子的聲音響起，躲在庭院各處十名少年偵探團的團員，紛紛跑了過來。

少年們聚集在佛堂入口處，向裡面尋視。當他們看見有兩個明智偵探時，都不發一語的呆立在原地。

「來，各位少年偵探團的團員，這個和我長得一模一樣的傢伙是冒牌貨。這個傢伙偷走了大鑽石，你們趕緊搜他的身，他一定把鑽石藏起來了。」

聽見後出現的明智偵探這麼指揮，先出現的明智偵探也不服輸的叫喚著少年們：

「喂！你們絕對不能掉以輕心，剛才說話的傢伙是冒牌貨，他是尼可拉博士的手下。

不過，你們若要搜身，那就請便吧，因為我並沒有偷走鑽石。」

接著小林少年率先搜查先出現的明智偵探的口袋。少年們也從四周靠近明智偵探，開始搜他的上衣、褲子等。搜完上衣和褲子後，又把上衣和褲子脫掉。明智只穿裡面的內衣褲倒在現場。

包括小林少年在內，一共有十一個少年，縱使是力量強大的大人，也沒有辦法抵擋。此刻在十一個人的包圍之下，就好像蟑螂被螞蟻纏住一般，動彈不得。

「沒有！」

「真的沒有！」

「老師，並沒有發現鑽石！」

搜遍明智全身的少年們，終於確認這個人的身上並沒有藏著鑽石。

「好，你們都看到了。我並沒有偷走鑽石，因此，我是真的明智小五郎，那個傢伙才是個冒牌貨。」

全身只剩內衣褲的明智，生氣的大叫著。

聽他這麼說，小林好像突然想起什麼似的，生氣的大叫：

「事情還沒結束！還有一個地方沒有搜查。你們用力按著這個傢伙的臉，不要讓他動，我要挖出他的左眼。」

小林說出可怕的事。

但是，少年們全都服從小林團長的命令動作，一致的撲向躺在地上的明智，把他的頭按在地上，不讓他的臉亂動。

「用手電筒照他的臉！」

小林說著，伸出食指接近明智的左眼。

啊！這真是非常殘忍的一幕景象。小林的食指戳向對方的左眼，挖出他的左眼珠。

「你們看！這個傢伙的左眼珠是假的，那裡就成為藏東西的絕妙地方。看！這就是園田先生的鑽石。」

小林說著，高高的舉起鑽石。在手電筒的照射之下，鑽石綻放出耀眼的藍色光芒。

怪獸的下場

「啊！你、你是真的小林？什麼時候被掉包了？」

被眾人壓倒在地的明智，驚訝的問著。

「哈哈哈哈，在一開始我就已經和冒牌貨掉包了。現在冒牌貨正

代替我被關在地下室的牢籠中。我假裝幫你們抓住真正的明智老師，目的就是要讓你們失去戒心。」

小林笑著說明。

「畜生！竟然被你騙了。」

冒牌的明智生氣的說著，但他的臉上又立刻泛起了惡意的微笑。

「哇呵呵呵呵，你們以為已經獲勝了嗎？還早，我還有絕招呢！

喂！按著我肚子的傢伙，你摸摸我右邊的口袋，裡面裝著像照相機一樣的東西。

你們以為那是什麼？那是世界上最小型的無線電機。剛才我已經按下了開關，所以，你們所說的一切，都已經傳到尼可拉博士的無線電機裡了。

喂！你們想一想，結果會如何呢？將有可怕的事會發生，你們還是自求多福吧！」

看來他並非虛張聲勢。小林從冒牌明智的口袋裡，掏出像照相機一般的東西，的確是小型的無線電機。只要關上開關，就不會讓聲音傳出去。小林把無線電機放入自己的口袋裡。

「你們把這個傢伙的手腳綁起來，讓他無法動彈。大家的腰部應該都纏著細麻繩（用麻做成的堅固細繩）吧？用麻繩綁住他。」

小林一聲令下，十名少年中的三名，取下腰間的細麻繩，將冒牌明智五花大綁。

這時候，真正的明智偵探從持佛堂入口走了過來。剛才他似乎暫時離開，不知去哪裡了。

「哎呀！佩服！佩服！不愧是小林，做得真好！」

明智偵探笑著稱讚小林少年。

「哇呵呵呵……」

這時被五花大綁、躺在佛堂入口的冒牌明智，不懷好意的笑著。

「現在尼可拉博士可能已經在附近，應該就快要到了。他將會以什麼樣的姿態出現，你們就拭目以待吧！我奉勸你們還是小心一點！哇嘿嘿嘿……」

這時，佛堂外傳了「嗚」的呻吟聲，明智偵探和小林少年趕緊跑到佛堂外。

在月光的照射下，這裡宛如白晝般燈火通明。在廣大的庭院中，有一片如森林般的樹林。

那裡是月光照不到的地方，所以一片漆黑。

這時候，大家看見一道金色的光芒。

接著，又聽見「嗚」的可怕呻吟聲。

「老師，這就是我之前跟您提過的黃金虎……我猜想他今天晚上一定會出現的——。」

正當小林這麼說的時候，黃金虎已經現身，朝這裡慢慢走了過來巨大的老虎，像人用四肢爬行一般的走了過來，並且身上閃耀著金色光芒。

「嗚——」

黃金虎張大嘴巴，朝這兒大吼。露出白色的大尖牙，口中出現鮮紅的舌頭，兩隻圓滾滾的眼睛散發出如磷火般的綠光。

即使是身經百戰的明智偵探和小林少年，在看到牠的瞬間，也不禁呆立在那兒。

接著，黃金虎慢慢的來到了森林外，在月光照射下，全身閃耀著美麗的光彩。

小林身後的十名少年，嚇得「哇」的大叫一聲，紛紛逃走。

老虎根本不理會少年們，縱身一跳，跳到了佛堂入口，速度之快，就如同金色的彩虹一般。

進入佛堂之後，老虎來到冒牌明智的身邊，打算用嘴和前腳替冒牌

明智解開身上的細繩。

看到這個情形，明智偵探在小林耳邊耳語。

小林點點頭，從口袋中掏出手槍，也就是假裝成冒牌小林時，在汽車裡指向明智偵探的那一把手槍，他一直擺在口袋裡。

「喂！住手。否則我要開槍了。」

小林把對方當成人一樣的大叫著。

這時，又發生了不可思議的事。老虎像人一般的站了起來，高高抬起前腳，好像在說「饒了我吧」，然後開始後退。

「啊！他是人假扮的，並不是真的老虎。是人披著虎皮，大家趕快抓住牠，扒下他的虎皮。」

當小林大叫時，原本逃走的少年們又全都回來了。

「幹掉他！」

小林率先撲向老虎，十名少年也從四周抓住老虎的身體，「哎喲、哎喲」的叫聲不絕於耳，最後終於將老虎撲倒在地。

「啊！這是假冒的。這兒有拉鍊。」

小林拉開拉鍊，老虎的肚皮裂開了，裡面躲著穿黑色緊身衣的人。

「大家趕緊把他綁起來！」

於是十名少年扒下虎皮，將穿著黑色緊身衣的高大男子綁了起來。

打扮老虎的男人，看見小林的手槍指向自己，嚇得趕緊舉手投降，真是一大失誤。就因為這個舉止，而讓大家識破原來牠是個人。

就在這個時候，對面的樹叢中又再度傳來「嗚——嗚——」的可怕呻吟聲。同時又再度出現金色的光芒。

原來老虎不只一隻！樹叢中又出現兩隻大老虎。

看來這次可是真的老虎，就算拿手槍對準牠，但是，牠看起來一點也不害怕。

「老師，射牠的腳！」

當小林大叫的同時，明智偵探開了一槍。為避免致命，他瞄準老虎的腳。

完全命中！雖然在明智偵探社很少使用手槍，但是，明智偵探是神槍手，而小林平日也經常做射擊練習，以備不時之需，結果就在這個時候發揮了作用。

被擊中後腳的老虎倒臥在地，並用前腳按住傷口。但真正的老虎不都是用嘴巴來舔傷口的嗎？

「啊！這也是人假扮的。把他也綁起來。」

在小林的命令下，少年們勇敢的撲向兩隻老虎。

沒有受傷的老虎看見另一隻老虎被制服，因此想要逃走，但卻又不敢逃跑，只是呆在現場，不知如何是好。這時，少年全都撲了過來，牠已經無路可退了。接著，展開一場生死之鬥。

受傷的老虎，不能一直待在那兒，牠忍住了傷痛，站了起來，撲向少年。

這時，對手是兩隻老虎，所以，少年們必須分兩組進攻。雙方都陷入苦戰中。

兩隻黃金怪獸忽而跳到這裡，忽而跳到那裡，令少年們疲於奔命。在月光的照射下，金黃色的彩虹交錯著。

但是，這裡有由小林少年領軍、成員達十一人的少年偵探團，而且有明智偵探以及園田先生的協助。對方終究不是真正的老虎，即使再強悍，也寡不敵眾。

在歷經二十分鐘的大決鬥之後，老虎終於被制服了。

不知道是否還有其他的老虎會出現。等了一會兒，並沒有看見其他的老虎。總共只有三隻老虎。

就在這時，一名少年大叫道：

「啊，超人！」

尼可拉博士的秘密

看！在萬里無雲、月光照耀的星空中，披著黑色披風的超人，飛了過來。

他當然是尼可拉博士。除了博士之外，沒有人能夠在天上飛。雙手直直的伸向前方，呼嘯而過的超人，來到了佛堂的上方，並且開始在屋頂的周圍盤旋。他位在距離地面五十公尺高度的地方，似乎可以從上面俯瞰下面。

敵人位於高空，在地面上的人當然無計可施。就算想要開槍，但是因為太高了，同時也擔心會射死對方，因此不能開槍。

尼可拉博士好像玩弄眾人於股掌之間，一直在佛堂的上方盤旋，後來終於飛到對面森林中的樹木頂端，消失無蹤了。

「可能進入森林中了。」

一名少年大叫著。

不知道他會不會跑出來？大家都屏氣等待著。小林也拿著手槍對準森林方向。

但是等了許久，都不見尼可拉博士。不知道飛到哪兒去了？或許他正在森林中企圖進行什麼陰謀也說不定。

大家都沒有耐性再等待下去了。

「到森林裡去瞧瞧吧！」

小林終於放棄等待，決定進入森林裡去搜查。明智偵探也和他們一起前往。

少年偵探團的團員，全都拿著小型的手電筒。他們利用手電筒的光線進入黑暗的森林中。小林團長拿著手槍走在最前面。

森林中到處都是高大的扁柏林立。

雖然帶著手電筒，但都是筆形的小型手電筒，亮度不夠，因此，只

能藉由微弱的光線搜查四周。

一行人沿著樹幹前進，在走到森林正中央的時候，突然聽到咔嗒、咔嗒的聲音。走在最前面的小林，發現有東西從他的頭頂上掉落下來。

小林啊的叫了一聲，應聲倒地。

「是誰？是尼可拉博士？」

小林在大叫的同時，發現自己手中原本握著的手槍已經不見了。

「哇哈哈哈哈！沒錯，我就是尼可拉博士。小林，你的手槍被我奪走了，另外一支是我的，現在我的手上有兩支手槍，你們都沒有槍，現在得聽我的命令行事了！讓開，讓尼可拉博士通過。」

少年們全都向後退，讓出一條路來。披著蝙蝠般的披肩、留著白鬍子的尼可拉博士，悠哉的通過眾人之間，來到了森林外。

沒有人阻止他。少年們會害怕，這也是無可厚非的事。但是，名偵探明智小五郎又是怎麼回事呢？奇怪的是，現在他不見了，難道他已經逃走了？不！他當然不會逃走，這時的明智偵探，趁尼可拉博士不注意的時候，正在某個地方進行一件重要的事。

走出森林的尼可拉博士，來到了站在佛堂前的園田先生的旁邊，雙手依然拿著手槍，對園田先生說：

「喂！把小林給你的鑽石交給我。我是尼可拉博士，若不照我的吩咐去做，你就會沒命！」

他的聲音，聽起來不禁令人生畏。在兩支手槍的威脅下，園田先生只好順從的從口袋中掏出「藍色火焰」，遞到博士的面前。博士接過鑽石，說道：

「很好！很好！我也會履行承諾。哇哈哈哈哈！再見囉！」

說完之後，又進入森林中。

少年們都還在森林中，但是，卻沒有人敢出面抵擋這名怪人。

博士終於來到了剛才從小林頭頂上飛撲下來的大扁柏樹旁邊，將兩

支手槍分別放入口袋裡，跳上樹幹，開始爬樹。身手像猴子般的敏捷，很快的就消失在枝葉間。

小林少年躲在另一棵大樹幹的後面，悄悄的看著這一切。他並不需要使用手電筒，因為他已經習慣了黑暗，所以，能夠看清楚周遭發生的一切。

小林早就知道樹上會發生什麼事，所以，很高興的在等待著。

話題再回到扁柏樹上茂密的枝葉間。

尼可拉博士將兩支手槍插在口袋裡，雙手抓住樹幹，從第一根橫枝爬到第二根橫枝，不斷的往上爬。

但是，爬到第三根橫枝時，感覺兩邊的口袋變輕了。

他嚇了一跳，連忙用腳支撐身體，把手伸入口袋中。結果發現手槍不見了！兩支手槍都不翼而飛。

實在是不可思議。槍不可能會丟掉啊！難道在樹上真的有猴子從身

旁把自己的手槍給搶走了嗎？

「哇哈哈哈！尼可拉博士，你一定嚇一大跳吧！我是明智小五郎，手槍被我奪回了，而且我已經將它扔到下面去了。這麼一來，我們就都沒有武器了，可以進行正式的決戰。」

啊！原來是名偵探躲在這裡等待尼可拉博士回來。博士像超人般的在空中飛翔，因此，他一定得先回到這棵樹木頂端，然後才能再度飛回天空。明智偵探也知道這一點。

明智繼續說道：

「你是不是要問我為什麼會在這裡？我想你應該也知道原因吧！我的目的當然是要來破壞你用來飛翔的翅膀囉！我早就知道你能夠在空中飛翔的秘密。在幾年前，法國人就已經發明了能夠讓人揹在背上、讓螺旋槳能夠運作的小型機械，在日本只有一個人買了這個機械。你就是利用這個機械假扮成超人，趁著黑夜或天色昏暗，在大家看不見螺旋槳時，讓自己像超人一般的飛翔在天空。

你把這個機械藏在樹木頂端。為了搶奪鑽石，你到下面去了，但在鑽石到手之後，你還會回來把螺旋槳揹在背上，然後再度飛到天上，這是你又上來的目的。但是為時已晚，在你到地面去時，我已經趁機毀損機械。現在你已經沒辦法飛了，超人已經失去飛行的能力了。」

就在這時，啪的兩道圓光交錯，照亮了在黑暗樹林間兩個人的臉。

原來是明智偵探和尼可拉博士同時掏出手電筒，照亮對方的臉。

怪盜二十面相

明智偵探和尼可拉博士，在扁柏樹的頂端互相瞪著對方。

「你打算像超人一樣從這棵樹頂端飛向天空，但是，你飛翔的道具螺旋槳已經被我破壞了，你已經失去超人的能力。」

明智在更上面的樹枝上俯瞰尼可拉博士，對他這麼說。

尼可拉博士，因為之前放在口袋中的兩隻手槍都被明智搶走了，因此也無計可施。明智在更上面的樹枝上，因此，博士只能夠向下逃。

博士好像沿著樹木往下溜似的，而明智則一邊追趕一邊叫道：

「喂，小林！少年偵探團的團員們！尼可拉博士已經爬下樹了，他的手槍已經被我搶走了，所以沒有問題，大家可以去抓他！」

這時，等在下面的小林少年掏出了哨子嗶嗶嗶……的吹著。聽見哨音，少年們立刻從四面八方湧到小林的身邊。

「尼可拉博士已經沒有手槍了，大家趕緊去抓他。」

就在小林告訴大家的同時，尼可拉博士的身影正好出現在扁柏樹幹的下方。

「就是他！」

少年們一起飛撲上前，展開一場激烈的搏鬥。

尼可拉博士擁有如年輕人般的力量。他一面躲開少年們的圍攻，一面企圖想要逃離現場。

雖然想盡辦法要甩開少年們，但少年仍然緊追不捨。包括小林，他們一共有十一個人，即使尼可拉博士再勇猛，也開始節節敗退。

但是，尼可拉博士還有絕招。他看中少年中力量最薄弱的一個，從後面抓住他，手臂纏住他的脖子，抵住他的喉嚨。

「喂，別再過來！你們再過來，我就殺了這個孩子！你們有膽就過來看看！」

小林用手電筒照著這一切。

被抓住的少年因為呼吸困難，滿臉通紅，幾乎就快要翻白眼了。再這樣下去，有可能會被勒斃！

小林摸摸口袋，裡面放著兩支手槍。剛才他撿起了明智偵探從樹上丟下來的手槍。

「尼可拉博士，放手！否則我就要開槍了！」

小林右手拿著手槍指著博士，同時左手拿手電筒照著手槍，讓博士看清楚。

這時候，在黑暗之中，傳來了名偵探的聲音。偵探已經從樹上爬了下來，看到格鬥的場面。

「二十面相，你不會殺人的。」

聽到這句話，尼可拉博士突然鬆開了勒住少年的手臂。兩隻眼睛由於過度驚訝而瞪大，尼可拉博士的臉，清楚的出現在明智偵探手電筒的照射下，但是，偵探的身影卻在黑暗中，完全看不到。

「哈哈哈哈……你終於承認了吧！看你之前的表現，我就知道你一定是二十面相。擁有能夠揹在背上，並且可以飛上天空的小型直升機的人，就只有二十面相（第九集『宇宙怪人』、第十九集『夜光人』、第二十一集『鐵人Q』、第二十二集『假面恐怖王』等集中所發生的事件），這在以前我就看過了，所以我非常了解。而藏在樹上的機械，正是和那一模一樣的東西。

之前我就懷疑尼可拉博士是二十面相。因為喜歡寶石和美術品是二十面相的作風，而且還修理小林和少年偵探團的團員們，我想這應該是二十面相的報復行為。但小林偽裝成冒牌小林，所以，你的秘密早就被我們揭穿了。哈哈哈哈……二十面相，好久不見了！」

「哇哈哈哈哈……」

尼可拉博士，笑得比明智偵探更為大聲。

「明智，你也未免太糊塗了！遇到難以應付的對手，全都以為是二十面相。我是出生在德國、今年一百一十四歲的尼可拉博士。你認錯人了！」

這時，明智偵探從黑暗中啪的跳了出來，靠近尼可拉博士，用力扯下他長長的白鬍子和假髮，結果對方露出了一頭黑髮及年輕的臉龐。

如此一來，就不能再宣稱自己是一百一十四歲的老人了。

「哈哈哈……不愧是明智！識破了尼可拉博士的魔法。但是，我還沒有輸呢！就像往常一樣，無論在任何時候，我都會有絕招的！」

說完之後，從口袋裡掏出看似照相機的小型機器，拿到嘴巴前面：

「這是尼可拉博士最後的手段，知道嗎？你們都知道嗎？」

原來這是個小型的對講機，而通話對象當然是他巢穴中的手下們。

二十面相看著明智偵探，不懷好意的笑著。

「知道了嗎？我最後的絕招會是什麼呢？那就是爆炸！在我住處地下室的牢房中，關著寶石王玉村一家人及白井美術館一家人。如果你們不讓我自由的離開，那麼這些人都將被殺死。我最討厭殺人，但是為了爭取我的自由，殺人也是無可奈何的。明智，這全都是你造成的！」

「哇哈哈哈哈……」

突然，從另一個方向傳來聲音。是小林的笑聲。小林似乎覺得很好笑。

「啊哈哈哈哈……二十面相，你是指地下室那個裝著炸藥的孔嗎？你是想重施讓手下先點燃炸藥孔的導火線，然後大家趕緊逃走的老舊手法嗎？但是，炸藥已經被我毀掉了，現在孔中裝滿了水。因為導火線是在外面，所以，根本無法得知孔裡面的情形。就算點燃導火線，也不會爆炸的！啊哈哈哈哈……」

聽到這裡，二十面相氣得將無線對講機扔在地上，拼命的跺腳。

「畜生！小林，你竟然連這招都用上了！你給我記住，我一定會報仇的。」

這時，在黑暗的盡頭，有三道手電筒的強光朝這裡接近。

「明智，我是中村！」

原來是警政署的中村高級警官，帶著幾名刑警趕了過來。

「中村，在這裡，二十面相在這裡！快點過來！」

刑警包圍住二十面相，立刻替他銬上手銬。

先前當小林在佛堂挖出假明智的假眼，取出鑽石的時候，明智偵探曾經暫時消失蹤影。事實上，他在當時已經打電話通知中村高級警官，請他趕到這裡。

「中村！接下來我們就要趕往這個傢伙的巢穴中，把二十面相也一起帶去吧！在還沒有把他關進警政署的看守所之前，我會一直待在他的身邊，因為這傢伙還不知道會使出什麼詭計來。」

二十面相的雙手被銬上手銬，左右各有一名刑警看守著。手銬的另一端則銬在另一名刑警的手上，這樣他就無法逃走了。接著就被押上了汽車。

不知二十面相是否已經放棄，他面露苦笑，沉默不語。

現場除了警政署的汽車之外，還有幾輛巡邏車。中村高級警官、部屬、明智偵探、被銬上手銬的假明智、小林少年以及今晚逮捕獵物的功臣十多名少年團員，全都一起上車，趕往怪盜的巢穴。

人類改造術

到達尼可拉博士的巢穴之後，中村高級警官和部屬們分別從正門及後門進入建築物中，逮捕賊人的手下。

二十面相被關在地下室的一間牢籠中，由刑警看守，同時救出了玉村家人及白井家人。而被關在牢籠中的冒牌小林少年，也被帶出來銬上手銬。

「如此一來，二十面相和他的手下全被一網打盡了。但是，還有一件事未完成，也就是要去詢問躲在地下室最裡面的那位醫學家，他能夠製造出一模一樣的人。一定要設法找出這個秘密。小林，你帶我們去那兒吧！」

於是，眾人跟著小林少年搭乘升降梯到地下二樓，然後通過擺著人偶箱的走廊，來到明亮的機械室。

留著和尚頭的矮小男子，像是從恐怖箱裡跳出來一般，從珍貴的機械後面跳了出來。

小林少年走到他的身邊說：

「先生，你還記得我嗎？」

「哦！我記得你，你就是我可愛的兒子嘛！」

男子笑著說道。

「咦，兒子？」

「是啊！你是我製造出來的，幾千人、幾萬人、幾十萬人，都是我可愛的兒子。

可是，你們今天這麼多人到這兒來，到底有什麼事呢？哦，對了！是不是要開慶祝會呢？那麼來開香檳好了。喂，服務生，來十瓶、二十瓶，不，不夠，五十瓶、一百瓶全部都拿過來！大家一起來開香檳吧！喂，服務生，服務生怎麼還沒來啊！服務生，服務生……」

這裡當然沒有服務生，也沒有香檳。

男子之前遇見小林時，頭腦就已經不清楚了，而今天晚上的情況又似乎更嚴重。

「先生，先別提什麼慶祝會，我有一件事想請問你，你能不能把製造出完全一模一樣的人的方法告訴大家。這位是警政署搜查課的中村警官，另一位是我的老師明智偵探，今晚大家都想聽聽你的解釋呢。」

「哦，你就是名偵探明智小五郎呀！我一直想見你一面呢。現在我們正好可以開香檳乾杯，然後再一起跳舞。」

說完，男子逕自跳起舞來，不斷的在機械之間打轉。

看到這個情形，明智偵探對大家說：

「這個人似乎瘋了，之前小林就已經見過他，當時他的頭腦就已經

不太清楚了。至於人類改造術，我們還是請小林來為大家解說好了。

我已經從小林那裡得知詳情了。在此，我簡單的為大家說明一下這個技術。要更換一個人的臉，在眼科或耳鼻喉科也是可以辦到的。

在眼科，可以將單眼皮變成雙眼皮。一些愛美的年輕女孩，經常會去做這種手術。

而在耳鼻喉科，則可以進行將象牙或其他材料放入鼻子裡面，把鼻子墊高的手術。一些愛漂亮的男女，也會動這種手術。

雖然現在流行眼睛和鼻子的整形手術，但是只要願意，人類身體的任何一個部位，都可以進行這種手術。例如，肩寬的人可以進行削肩手術，只要削去肩膀的骨頭就可以了。要改造下巴的形狀，也是只要削去下巴的骨頭就行了。

這一類手術，確實是有辦法做到的。如果說要裝全口假牙的話，那麼利用假牙的製造方式，也可以改變嘴巴或臉頰的形狀。此外像是瘦的臉頰要變胖，則可以將藥品注射到臉頰。另外還有植髮、變換眉形、脫毛術、植毛術等，就算要更換頭髮的顏色也並不困難。

也可以把隱形眼鏡做得大一些，畫上黑色眼珠，像假眼一樣，讓眼珠變大或變小，甚至連改變顏色也都不困難。

這位醫學家在就讀醫科大學時，就不斷的研究人類改造術。他下定決心，傾其一生研究這些沒有人能夠辦得到的事情。

因此，他在眼科、牙科、整形外科、皮膚科、美容科等各方面都進行研究，終於創造出人類改造術。但是一般人並不會考慮到更換臉型，會有這種想法的，一定是犯罪的不肖之徒。被警察追緝的罪犯，當然希望能夠變臉。

因此，這位醫學家很自然的開始與壞蛋交往，最後成為怪盜二十面相的手下。他將持有珍貴寶石或美術品者的全家人換成冒牌貨。這種做法也只有二十面相才想得出來。

先找出和這些人長得很像的人，然後讓他們看人類改造術的神奇，設法說服他們。人都有貪念，對於自己能夠成為知名寶石商或美術館經營者或他們的家人，一定會動心。在動手術之前，必須先取得當事人各個不同角度的相片，再製造出蠟像，交給認識本尊的人看，並作修改，最後變成完美的人類改造術。原本臉型和體型就非常相似的兩個人，在動過手術後，根本就分辨不出真假。

二十面相是一個愛好美術的人，因此，若目的只是單純的為了寶石或美術品，則人類改造術還不至於造成太大的危害。但是，如果這項人類改造術使用不當，則恐怕將會造成世界動亂，甚至引發核子戰爭。例如應用人類改造術，將某個國家的元首、大臣、高官全都由自己的手下來頂替，那麼，將會發生什麼樣的事情呢？

如果這種事情發生在幾個大國，則情況又會變成什麼樣呢？當然會造成世界動盪不安。只是因為一個人錯誤的想法，或錯按一個鈕，就可能引爆核子戰爭。所以只要改造人，則要引爆核子戰爭，或是令地球滅亡，也並非做不到的事。光是想到這一點，就令人寒毛直豎。

幸好二十面相還不是這樣的大壞蛋，而且這個男子似乎已經瘋了。他已經沒有辦法再動手術了。這是上天給予他的懲罰。上天絕對不會原諒人類改造術這種罪過。這名男子將一輩子坐牢。」

明智偵探說完之後，看著中村警官。隨即警官對著身邊的兩名刑警耳語。

兩名刑警迅速走向前，來到還在大笑的男子身邊，把手銬銬在他的手上。男子似乎並不感到驚訝。

「你們要帶我去哪裡呀？啊，我知道了！是要帶我去國王的大殿上嗎？國王是不是要頒發勳章給我呢？啊！謝謝！謝謝！」

滿口奇怪的話。

超人尼可拉博士事件，到此總算告一段落。

假扮成尼可拉博士的怪盜二十面相和他的手下全都被逮捕，而那名醫師也被關進牢裡。寶石王玉村一家人、美術館白井一家人全都獲救，而被偷走的寶石也全都物歸原主。

「這整個事件功勞最大的是小林，以及協助小林的少年偵探團的團員們。」

中村警官笑著這麼說。

「不，如果沒有明智老師平日的教導，我們什麼事也做不成，這一切都是老師的功勞。」

小林少年謙虛的這麼說。聽見他這麼說，十名少年偵探團的團員們都異口同聲的大叫：

「明智老師萬歲……」

「小林團長萬歲……」接著又高呼：

「少年偵探團萬歲……」

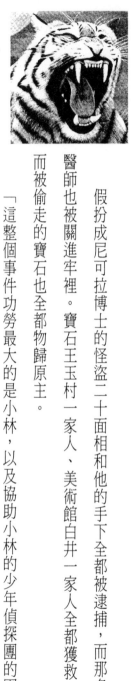

解說

怪盜二十面相最後的事件

砂田弘
（兒童文學作家）

「少年偵探・江戶川亂步」系列，藉著第二十六集的『黃金怪獸』而落幕了。第一部作品『怪盜二十面相』是在一九三六年完成的，而這部作品於一九六二年連載於「少年」雜誌中。也就是說，這整部作品足足花了二十六年的時間才完成。

亂步不會寫適合大人看的偵探小說，所以『黃金怪獸』應該算是亂步所寫的最後一部作品。

他在兩年後結束了他七十年的生命。作品在連載時的標題是『超人尼可拉』，後來改為『黃金怪獸』。

玉村寶石店還存在時的銀座風景（1955 年代）

我不知道這是不是亂步最後的作品，但是，內容卻具備足以成為本書最後一卷的趣味主題。藉著這個主題，完成了一篇刺激的故事。

和以往一樣，故事一開始，先由一位可疑的人物登場。這是聲稱自己是尼可拉博士而其實是怪盜二十面相的人物，但是，尼可拉博士所計畫的犯罪行為和以往有所不同。博士使用魔法，製造出和本尊完全相同的冒牌貨，例如製造出小林少年、假的明智小五郎等，博士究竟有何企圖呢？

「現在，我為了得到全日本的寶石和美術品，正打算使用這項魔力。接下來，我可能會偷走日本這個國家。（略）換言之，整個地球都將為我所有。」

這是變裝為尼可拉博士的二十面相所說的話。擁有整個地球，是大型的犯罪手法，怪盜二十面相到了最後關頭，是還要進行最大的工作。

面對博士的野心，小林少年及少年偵探團團員的表現非常活躍，而明智偵探在中途也加入行列。在整個事件當中，雙方鬥智的場面及使用的技巧，充滿著冒險和刺激。其間還穿插一些謎團，存在著破解謎團的樂趣。最後，由比尼可拉博士技高一籌的明智偵探所率領的少年偵探團獲勝，故事以皆大歡喜的方式收場。

電影中所拍攝到的忠狗哈奇的銅像（渋谷・1957年）每日新聞社提供

而另一方面，怪盜二十面相所具有的魅力也是無可抵擋的。

二十面相曾對少年偵探團的團員說：「我喜歡像你們這樣的少年。」而在聽見明智偵探說「你不會殺人」後，就立刻放開少

年，由這種種表現看來，二十面相不是十惡不赦之徒。我想，直到最後，他都擁有成為英雄壞蛋的資格。

大家是否聽過「複製人」這種說法？複製人就是指製造出模樣以及身體完全相同的生物。從一九九〇年代開始，複製人的研究急速發展，現在已經可以從生物細胞等複製出生物來。事實上，複製牛、複製羊都已經陸續產生。

這種技術也可以應用在人類的身上，就好像用影印機影印出圖畫或文字一樣，能夠製造出幾十個、幾百個相同的人。你並不是唯一、獨一無二的。想到這裡，就叫人毛骨悚然。

科學進步到這種地步，如果不當使用這項技術，將會造成人類社會的大改變，人類也將會失去人性。

現在複製技術被禁止使用在人類身上，但是，亂步早在三十年前就已經寫出進行複製人的『黃金怪獸』，這可以說是最早以這項對人類而言最重要的研究當成主題的作品。由此看來，這的確是適合當做本系列最後一本書的作品。

故事的最後，怪盜二十面相當然是被逮捕入獄。但是，後來二十面相是不是就乖乖的被關在牢裡了呢？

少年偵探系列，到這本書告一個段落，而我們也不曾再見到二十面相。但是，和明智偵探或少年偵探團的團員們鬥智，可以說是二十面相生存的意義。而且二十面相有不死之身，他應該還是會像以往一樣，從監牢裡逃走。也許現在正在某處與勁敵明智偵探或少年偵探團的團員們進行搏鬥呢。

少年偵探 1~26

日本偵探小說鼻祖

江戶川亂步　著

一億人閱讀的暢銷書

1~3 集試閱價189元
4~26集特價230元

1　怪盜二十面相

試閱價189元

接獲失蹤的壯一即將歸國的好消息的同時，羽柴家也接到這封通知信。
擅長喬裝改扮的怪盜，到底會以什麼姿態來盜取寶石？
老人、青年，還是……。
「怪盜二十面相」與名偵探明智小五郎初次對決，現在就要開始了！

2　少年偵探團

試閱價189元

整個東京都內，不斷傳出有關「黑色妖魔」的傳聞，而且陸續發生綁架少女事件，以及篠崎家的寶石，還有黑影似乎偷偷的靠近五歲的愛女小綠。難道由印度傳來的「受到詛咒的寶石」的傳說是真的嗎……。
繼『怪盜二十面相』之後，名偵探明智小五郎和少年助手小林芳雄所帶領的「少年偵探團」大活躍。

3　妖怪博士

試閱價189元

跟蹤可疑的老人身後，來到一間奇妙的洋房。
少年偵探團團員之一的相川泰二，在那兒發現被五花大綁的美少女。
妖怪博士的魔爪伸向為了救出少女而偷偷溜進洋房的泰二。
此外，還有更可怕的事情，正等著追查整個事件的三名團員們……。

品冠文化出版社
劃撥帳號：19346241
電話：02-28233123

4　大金塊　特價230元

秘密文件的另一半被盜走了！
那是說明宮瀨礦造爺爺留下的龐大遺產「大金塊」藏匿地點的秘文，
為了取回被奪走的一半秘密文件，而進入竊賊地下指揮部的少年小林，
他所看到的意外事實真相到底是什麼？
名偵探明智解開了謎樣的文章，趕赴島上，取回大金塊。

5　青銅魔人　特價230元

在月光的照耀下，赫然出現一張嘴巴裂開如新月型的金屬臉，怪物體內發出齒輪轉動聲。
在半夜偷走鐘錶店裡的懷錶的竊賊，難道就是這個用青銅做成的機械人？
少年小林新組成「青少年機動隊」，為了名偵探明智小五郎，奮鬥不懈。
是否真的能夠掌握青銅魔人的真面目呢？

6　地底魔術王　特價230元

在天野勇一所居住的城市裡，搬來了一個奇怪的叔叔。
他在少年們的面前，展現神乎其技的魔術，是一位魔法博士。
他說：「在我所住的洋房裡有『奇異國』。」
有一天，勇一和少年小林造訪洋房。但是就在博士展開魔術表演的舞台上，勇一消失在觀衆的面前。

7　透明怪人　特價230元

一名紳士走進城鎮盡頭的磚瓦建築物中。
就在尾隨於其身後的兩名少年的眼前，
這個神秘男子脫掉大衣、襯衫，結果一裡面什麼也沒有。
肉眼看不到的透明怪人出現了，珠寶店和銀行大為震驚。
化裝成人體服裝模特兒的透明怪人出現在百貨公司，引起一陣騷動。

8　怪人四十面相　特價230元

幾度從監獄中脫逃的怪盜二十面相，這次改名為「四十面相」，
宣佈要逃獄。
為了查明真相，來到拘留所的明智小五郎，與二十面相見面之後，
為什麼匆忙趕到世界劇場的後台去了呢……
劇場正上演著「透明怪人」事件的戲碼。

9　宇宙怪人　特價230元

衆人啊的大叫一聲，屏住呼吸，因為在東京市的大都會銀座上空出現了五個 「在天空飛行的飛碟」。
彷彿來自遙遠星球的世界，擁有蝙蝠翅膀如大蜥蜴般的宇宙怪人降臨。
被在深山登陸的飛碟抓住的木村青年，訴說可怕的體驗，使得全日本，
不，應該說是全世界都陷入大混亂中。

---

10 恐怖的鐵塔王國

特價230元

「我有東西要給你看哦！」
小林少年被轉角處的老人叫住，看到偷窺箱裡竟然有從森林的圓形鐵塔爬下來的巨大獨角仙……。都市裡出現抓小孩的怪物獨角仙。
獨角仙大王所統治的恐怖鐵塔王國，到底在日本的哪個地方呢？

11 灰色巨人

特價230元

從百貨公司的寶石展覽會中竊取珍珠的美術品，
然後抓住廣告汽球朝天空逃逸。但是逮到犯人之後，一看……。
綽號「灰色巨人」的怪人，這次盜走了「彩虹皇冠」。
尾隨怪盜而來的少年偵探團，來到一個馬戲團的大帳棚中。
奇妙的竊賊難道躲到裡面去了嗎？

12 海底魔術師

特價230元

身上覆蓋著鐵製的鱗片，好像鱷魚一般的尾巴……
在黑暗的海底，有著好像黑色人魚的兩個綠色眼睛的怪物。
爬在地上的怪物想要奪走小鐵盒。
交到明智偵探手中的小鐵盒，隱藏著載有金塊的沉船秘密！

13 黃金豹

特價230元

屋頂出現了金色的影子，
在月光的照射下，劃破了深夜的黑暗，
全身閃耀著黃金般光芒的豹出現在街上。
襲擊銀座的寶石商、吞掉寶石的豹，突然轉身逃走，像煙一般消失了。
夢幻怪獸到底是什麼東西？

14 魔法博士

特價230元

少年偵探團中有兩名好搭檔，他們是井上和阿呂。
看到「活動電影院」之後，一直跟隨活動電影院的兩人，
漸漸進入無人的森林中。
擋在面前的，竟然是可怕的黑影……。
等待著兩人的，是黃金怪人「魔法博士」意想不到的策略。

15 馬戲怪人

特價230元

熱鬧的「豪華馬戲團」公演時，突然出現了可怕的慘叫聲。
觀衆全都回頭看。
在貴賓席黑暗的角落看到白色骷髏的影子！
攻擊馬戲團團長笠原先生一家人的骷髏男的模樣奇怪。
沒有人知道的大秘密，經由明智偵探及少年偵探團的推理而解開謎團。

16 魔人銅鑼 特價230元

「噹……噹……噹……」空中傳來宛如教會鐘聲般的聲響，不禁抬頭一看。
結果，發現整個空中出現一張惡魔的臉。
巨大的惡魔正露出尖牙笑著。難道這是神奇事件的前兆……。
惡魔的神奇預言出現了。明智偵探的新少女助手小植即將遭遇危險。

17 魔法人偶 特價230元

「我很喜歡留身哦！和我玩吧！」
和神奇的腹語術小男孩人偶相處得很好的留身，跟隨著小男孩和
白鬍子老爺爺到人偶屋去。
迎接他們的是美麗的姊姊，這位穿著長袖和服、名叫紅子的人偶，
看起來就好像活生生的真人一樣這是假扮成腹語術師的老爺爺的魔術。

18 奇面城的秘密 特價230元

又是四十面相下的挑戰書。他這一次想要得到的是倫勃朗的油畫。
名偵探明智小五郎自信滿滿的等待對手的出現。
怪人四十面相將如何穿過層層的警衛溜進對手的家中呢？
到了預告日的夜晚，空無一人的美術室中傳出『啪ー啪ー』的聲響。
大石膏竟然會動，啊！裂開了！

19 夜光人 特價230元

七名少年一起前往一片漆黑的森林。
今天晚上，少年偵探團將舉行「試膽會」。
走在最前方的井上來到森林深處時，突然發現了奇怪的東西。——是鬼火嗎？不！一團白色、圓形的東西，卻有兩顆好像燃燒著火焰的紅色眼睛……。閃耀銀色光輝、好像妖怪般的頭，竟然張開大嘴攻擊團員們！

20 塔上的魔術師 特價230元

在荒涼的原野上，有一棟古老、磚造的鐘屋。
聳立的鐘塔屋頂上有影子在移動……。
少女偵探小植和另外兩名少女一直看著這個奇怪的景象。
三位少女看到的，是一位披著黑色披風、蓬鬆的頭上長著兩隻角的蝙蝠人。

21 鐵人Q 特價230元

老科學家終於完成偉大的發明。
他特別讓北見少年去看看這個具有聰明頭腦的機器人，一個和人類一模一樣的「鐵人Q」。
沒想到鐵人竟然突然不聽使喚，意外的逃出實驗室。
Q逃入巷道之後，開始展現奇怪的行動。被擄走的小女孩到底在哪裡？

22 假面恐怖王

特價230元

有馬家的洋房傳出有戴著鐵假面具的男子偷偷潛入。
名偵探明智小五郎在接到通知後火速趕到，但卻遭人從背後攻擊。
當他醒來後，發現自己在一個沒有窗戶的奇怪小房間內…。
明智偵探真的被壞蛋抓走了嗎？
在想要脫逃的名偵探和「恐怖王」之間，一場鬥智即將展開。

23 電人M

特價230元

在東京塔的塔頂上，纏繞著一個軟趴趴的禿頭妖怪，
好像戴著鐵環、沒有臉的機器人。
怪人「電人M」在全國各地留下謎團。
「到月世界旅行吧」到底意味什麼？
電人M竟然打電話給小林少年……！

24 二十面相的詛咒

特價230元

在古代研究室的一個房間裡，發生了離奇事件。
緊閉的研究室內，一名研究生突然消失！而房間內正巧擺著有詛咒傳說的古代埃及捲軸……。明智偵探決定來此解開密室之謎。
然而，就在小林少年監視埃及房間內的某個晚上，
半夜裡竟然發生了不可思議的怪事。

25 飛天二十面相

特價230元

拖著長長光尾巴的R彗星接近了！
如果彗星撞上地球該怎麼辦——全世界陷入一片大恐慌。
有一天，在千葉縣的海邊，別所次郎看到可怕的東西。
從石頭山爬出來一大群的螃蟹。
接著，出現在海面上的是來自R彗星的螃蟹怪人。

26 黃金怪獸

特價230元

「我是扒手嗎？」
根本不記得自己做過扒手，玉村銀一感到十分震驚。難道是和自己長得一模一樣的冒牌貨為非作歹嗎？銀一周遭陸續出現和他長相完全一樣的冒牌貨。
包括寶石店的玉村一家、美術店的白井一家，甚至連小林少年也……。
尼可拉博士的可怕陰謀！

品冠文化出版社
劃撥帳號：19346241
電話：02-28233123

黃金怪獸 by Ranpo Edogawa——

Text copyright © 1970, 1999 by Ryutaro Hirai
Illustrations copyright © 1999 by Shinsaku Fujita, Miho Satake
First published in Japan in 1970 and revised in 1999 under the title "OUGON NO KAIJU" by Poplar Publishing Co., Ltd.
Chinese translation rights arranged with Poplar Publishing Co., Ltd.
Through Keio Cultural Enterprise Co., Ltd. & Japan Foreign-Rights Centre

國家圖書館出版品預行編目資料

黃金怪獸／江戶川亂步著；施聖茹譯
－－初版－臺北市，品冠文化，2003〔民 92〕
面；21 公分 — （少年偵探；26）
譯自：黃金の怪獸
ISBN 957-468-246-3（精裝）

861.59　　　　92012606

版權仲介：京王文化事業有限公司

【版權所有・翻印必究】

少年偵探 26 **黃金怪獸** ISBN 957-468-246-3

著　者／江戶川亂步
譯　者／施 聖 茹
發行人／蔡 孟 甫
出版者／品冠文化出版社
社　址／台北市北投區（石牌）致遠一路 2 段 12 巷 1 號
電　話／(02) 28233123・28236031・28236033
傳　真／(02) 28272069
郵政劃撥／19346241
網　址／www.dah-jaan.com.tw
E - mail／dah_jaan @pchome.com.tw
登記證／北市建一字第 227242 號
區域經銷／千淞圖書有限公司
地　址／台北縣泰山鄉楓江路 86 巷 21 號
電　話／(02)29007288
承印者／國順文具印刷行
裝　訂／源太裝訂實業有限公司
排版者／千兵企業有限公司
初版1刷／2003 年（民 92 年） 10 月

~~定　價／300 元~~
特　價／230 元

●本書若有破損、缺頁敬請寄回本社更換●

一億人閱讀的暢銷書！

4 ～ 26 集　定價300元　特價230元

4.大金塊
5.青銅魔人
6.地底魔術王
7.透明怪人
8.怪人四十面相
9.宇宙怪人
.恐怖的鐵塔王國
11.灰色巨人
12.海底魔術師
13.黃金豹
14.魔法博士
15.馬戲怪人
6.魔人銅鑼
17.魔法人偶
18.奇面城的秘密
19.夜光人
20.塔上的魔術師
21.鐵人Q
2.假面恐怖王
23.電人M
24.二十面相的詛咒
25.飛天二十面相
26.黃金怪獸

品冠文化出版社

地址：臺北市北投區
致遠一路二段十二巷一號
電話：〈02〉28233123
郵政劃撥：19346241